日本人都推薦的
單字達人筆記內容大公開！
比日本人還高明的單字整理術

嗯……這樣的內容真的是日本人做不出來的，查到這些字詞並不困難，可是要做歸納整理就不簡單。作者整理得真好！（**22歲學生・鈴木光一**）

我第一次看到直木老師的「九宮格」，真是驚訝～，沒想到可以把單字整理得這麼好，比查字典還方便！日本這幾年很流行「成功的筆記術」，我覺得這一本是「成功的單字高手筆記本」！
（**日籍交換學生・仲川右文**）

哈～第一次看到「九宮格」就想到「魔術方塊」，後來覺得九宮格很漂亮、很有系統，考試時很好用！（**日語系學生・王小姐**）

我利用「九宮格」幫準備考日檢的家教學生補習發音，就照著書上教的，用眼睛「唸」○○發音，再搭配九宮格，效果不錯喔！（**日籍交換學生・伊藤貴子**）

想要試試「眼睛唸○○發音」到底有沒有效～？
（**30歲上班族・日語學習者**）

哇！哪來這麼厲害的外國人！（**日籍交換學生・安藤道大**）

作 者 序

直木優名

搞定日語多音漢字，突破日語學習瓶頸！

很多人告訴我，剛開始學日語時，覺得還蠻簡單的。但學習到一個階段，就覺得日語愈來愈難，讀音也非常複雜、找不到規則。

這樣的苦惱，我完全能體會。大家可以看看這個例子：

有一首日本知名演歌，歌名是──「冰雨」（ひさめ），「雨」的發音是（さめ）。但日文裡，「雨靴」唸（あまぐつ），「大雨」唸（おおあめ），「雨」的讀音完全不一樣。而且，「雨」還有特殊讀音，例如「梅雨」唸（つゆ），「時雨」唸（しぐれ），真的是複雜到讓人頭痛！

也就是說，漢字讀音複雜多變，同一個漢字，位於詞首或詞尾時，往往有不同發音。或者同一詞彙，不同詞性也會有不同發音。例如名詞和動詞，發音就有些許差異。也就是說，「一個漢字有多種發音」是日語的常態，而「一字多音」也造成許多人難以突破的學習瓶頸。

本書特別收集「日本文部科學省」所規範的「3600個必學多音字詞」，並整理所有讀音、以不同顏色區分、並搭配精選例句。讀者在學習時除了能感受不同讀音的表現，稍微觀察，也能立即掌握發音的規則性，有助於速記、速學、活用。

本書並採用1＋1雙書裝，另製作《全彩九宮格多音字詞速記本》精美別冊，將相關延伸詞彙植入彩色九宮格內，以圖形化呈現，希望藉此讓學習者更容易辨識和記憶。學習時，只要依順時針方向大聲唸出，就很容易記住每組九宮格內的單字、以及正確讀音。學完之後肯定能胸有成竹，足以因應未來會遇到的任何字彙，讓日語能力再升級。

學習要靠方法，傳統的背誦和查字典是學習上的重大障礙，本書以顛覆傳統方式的「圖像式超學習法」，期望可以讓您在最短的時間內，快速有效的習得漢字的多種讀音和相關字詞，真正突破學習上的瓶頸。

現在，就讓我們開始學習吧！

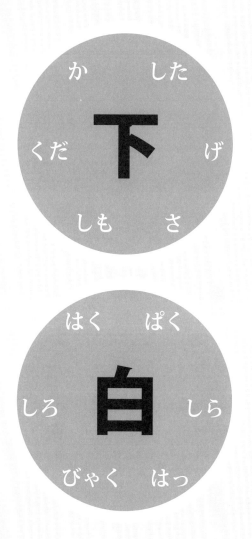

本書特色

1. 用 "圖像化" 呈現字詞的多音結構

<ruby>雨<rt>あめ</rt></ruby> | <ruby>雨<rt>う</rt></ruby><ruby>中<rt>ちゅう</rt></ruby> | <ruby>雨<rt>あま</rt></ruby><ruby>戸<rt>ど</rt></ruby> | <ruby>小<rt>こ</rt></ruby><ruby>雨<rt>さめ</rt></ruby>

2. 發音 & 位置，看清楚弄明白！

"雨" 在詞首、詞尾有不同發音

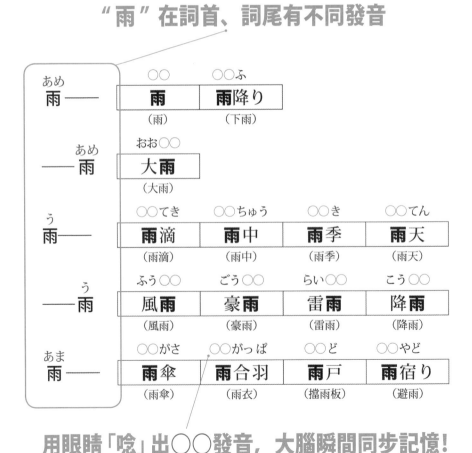

あめ 雨──	○○ **雨** （雨）	○○ふ **雨**降り （下雨）		
──あめ 雨	おお○○ 大**雨** （大雨）			
う 雨──	○○てき **雨**滴 （雨滴）	○○ちゅう **雨**中 （雨中）	○○き **雨**季 （雨季）	○○てん **雨**天 （雨天）
──う 雨	ふう○○ 風**雨** （風雨）	ごう○○ 豪**雨** （豪雨）	らい○○ 雷**雨** （雷雨）	こう○○ 降**雨** （降雨）
あま 雨──	○○がさ **雨**傘 （雨傘）	○○がっぱ **雨**合羽 （雨衣）	○○ど **雨**戸 （擋雨板）	○○やど **雨**宿り （避雨）

用眼睛「唸」出○○發音，大腦瞬間同步記憶！

3. 搭配生活例句，更熟練多音字詞！

❶ きょねん
去年の豪雨で　たくさんの人が　死にました。
(因為去年的豪雨)　　　(很多人)　　　(死亡)

❷ 梅雨明けして、一気に　暑くなりました。
(梅雨季後)　　(立即)　　(變熱)

❸ うんどうかい　　　　　　えんき　　　らいしゅうまつ
運動会は　雨天延期で　来週末になりました。
(變成下週末)

4. 神奇九宮格速記本：

繽紛色彩帶動大腦記憶，以發音分組、顏色分類，將相關詞彙植入彩色九宮格內。圖形化呈現、更容易辨識記憶。依順時針方向唸一圈，重要字詞都熟記！

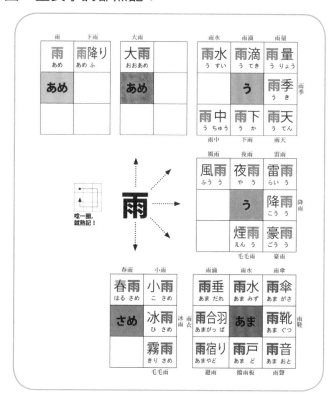

本書目錄 & 日語字詞【多音型態】速查表

注音檢索	日語漢字	最常見發音	容易混淆的多音型態		注音檢索	日語漢字	最常見發音	容易混淆的多音型態
ㄅ	白	しろ	白紙（はくし） 白熊（しろくま） 白髪（しらが）　012 腕白（わんぱく）			風	かぜ	風景（ふうけい） 風（かぜ） 風車（かざぐるま）　030 民風（みんぷう）
ㄆ	平	へい	平和（へいわ） 平泳ぎ（ひらおよぎ）014 平等（びょうどう）		ㄉ	大	おお	大学（だいがく） 大変（たいへん）　032 大きい（おおきい）
ㄇ	木	き	木材（もくざい） 木刀（ぼくとう） 木陰（こかげ）　016 草木（くさき）			道	みち	道徳（どうとく） 道筋（みちすじ）　034 神道（しんとう）
	末	まつ	末路（まつろ） 末期（まっき）　018 末っ子（すえっこ）			読	どく	読者（どくしゃ） 読む（よむ） 読解（どっかい）　036 読点（とうてん）
	目	め	目標（もくひょう） 目深（まぶか）　020 目薬（めぐすり）		ㄊ	天	てん	天才（てんさい） 楽天（らくてん）　038 天の川（あまのがわ）
	名	めい	名刺（めいし） 名前（なまえ）　022 名字（みょうじ）			体	からだ	体格（たいかく） 体付き（からだつき）040 体裁（ていさい）
	明	めい	明快（めいかい） 明年（みょうねん） 明かり（あかり）　024 明るい（あかるい）			通	とお	通常（つうじょう） 通う（かよう） 通る（とおる）　042 大通り（おおどおり）
ㄈ	反	はん	反対（はんたい） 反らす（そらす） 反す（かえす）　026 反物（たんもの）			頭	あたま	頭髪（とうはつ） 頭（あたま） 頭痛（ずつう）　044 頭文字（かしらもじ）
	分	ぶん	分別（ぶんべつ） 分かる（わかる） 分秒（ふんびょう）　028 五分五分（ごぶごぶ）		ㄋ	女	おんな	女性（じょせい） 女好き（おんなずき） 女神（めがみ）　046 女房（にょうぼう）

注音檢索	日語漢字	最常見發音	容易混淆的多音型態	
	内	ない	内容（ないよう） 内輪（うちわ） 身内（みうち） 境内（けいだい）	048
	男	おとこ	男子（だんし） 男湯（おとこゆ） 長男（ちょうなん）	050
	納	のう	納税（のうぜい） 納める（おさめる） 納豆（なっとう） 納戸（なんど）	052
	難	なん	難問（なんもん） 難い（がたい） 難しい（むずかしい）	054
ㄌ	立	りつ	立案（りつあん） 立法（りっぽう） 立つ（たつ） 役立つ（やくだつ）	056
	来	らい	来日（らいにち） 来手（きて） 来す（きたす） 来る（くる）	058
	冷	れい	冷凍（れいとう） 冷や汗（ひやあせ） 冷める（さめる） 冷たい（つめたい）	060
	流	りゅう	流行（りゅうこう） 流れる（ながれる） 流浪（るろう）	062
	楽	がく	楽団（がくだん） 楽天（らくてん） 楽しい（たのしい） 楽器（がっき）	064

注音檢索	日語漢字	最常見發音	容易混淆的多音型態	
ㄍ	過	か	過程（かてい） 過ぎる（すぎる） 過ち（あやまち）	066
ㄎ	口	くち	口座（こうざ） 口紅（くちべに） 出口（でぐち） 口舌（くぜつ）	068
	空	そら	空港（くうこう） 空手（からて） 空豆（そらまめ） 空く（あく）	070
ㄏ	合	あ	合奏（がっそう） 合計（ごうけい） 合図（あいず） 合う（あう）	072
	回	かい	回数券（かいすうけん） 回る（まわる）	074
	会	かい	会議（かいぎ） 会う（あう） 会得（えとく）	076
	後	あと	後世（ごせい） 後輩（こうはい） 後先（あとさき） 後ろ（うしろ）	078
	話	はなし	話題（わだい） 話す（はなす） 話（はなし） 世間話（せけんばなし）	080
ㄐ	今	いま	今晩（こんばん） 今にも（いまにも）	082
	交	こう	交換（こうかん） 交わる（まじわる） 交ぜる（まぜる） 交わす（かわす）	084

注音檢索	日語漢字	最常見發音	容易混淆的多音型態		注音檢索	日語漢字	最常見發音	容易混淆的多音型態
	金	かね	金融（きんゆう） 金持ち（かねもち） 黄金（こがね） 金槌（かなづち） 086			新	あたら	新制（しんせい） 新しい（あたらしい） 新た（あらた） 新妻（にいづま） 104
	家	いえ	家庭（かてい） 家来（けらい） 大家（おおや） 家出（いえで） 088		ㄓ	中	なか	中古（ちゅうこ） 中身（なかみ） 世界中（せかいじゅう） 106
	教	きょう	教育（きょういく） 教える（おしえる） 教わる（おそわる） 090			正	ただ	正式（せいしき） 正月（しょうがつ） 正しい（ただしい） 正に（まさに） 108
	酒	さけ	酒癖（さけぐせ） 酒造（しゅぞう） 酒屋（さかや） 居酒屋（いざかや） 092			主	しゅ	株主（かぶぬし） 主演（しゅえん） 主に（おもに） 坊主（ぼうず） 110
	間	あいだ	間食（かんしょく） 間違う（まちがう） 間（あいだ） 人間（にんげん） 094			直	なお	直接（ちょくせつ） 直感（ちょっかん） 直す（なおす） 素直（すなお） 112
ㄍ	切	き	切ない（せつない） 切る（きる） 裏切る（うらぎる） 切符（きっぷ） 096			指	ゆび	指定（してい） 指先（ゆびさき） 指す（さす） 目指し（めざし） 114
ㄒ	下	した	下等（かとう） 下着（したぎ） 下品（げひん） 下げる（さげる） 098			重	おも	重要（じゅうよう） 重複（ちょうふく） 重い（おもい） 重ねる（かさねる） 116
	小	ちい	小児（しょうに） 小銭（こぜに） 小川（おがわ） 小さい（ちいさい） 100			着	つ	着用（ちゃくよう） 下着（したぎ） 着る（きる） 着く（つく） 118
	行	い	行事（ぎょうじ） 行為（こうい） 行く（いく） 行う（おこなう） 102			戦	せん	戦後（せんご） 戦（いくさ） 戦い（たたかい） 120

注音檢索	日語漢字	最常見發音	容易混淆的多音型態
ㄔ	出	で	出演（しゅつえん） 出国（しゅっこく） 出る（でる） 出す（だす） 122
	成	せい	成人（せいじん） 成り立つ（なりたつ） 124 成就（じょうじゅ）
ㄕ	上	うえ	上手（じょうず） 上着（うわぎ） 上期（かみき） 126 上げる（あげる）
	世	せ	世論（せいろん） 世話（せわ） 128 世々（よよ）
	手	て	手話（しゅわ） 手紙（てがみ） 130 手繰る（たぐる）
	仕	し	仕事（しごと） 給仕（きゅうじ） 132 仕える（つかえる）
	実	じつ	実現（じつげん） 実際（じっさい） 実入り（みいり） 134 実り（みのり）
	生	せい	生活（せいかつ） 生物（なまもの） 生きる（いきる） 生まれる（うまれる） 生地（きじ） 136 生涯（しょうがい） 誕生日（たんじょうび） 生える（はえる）

注音檢索	日語漢字	最常見發音	容易混淆的多音型態
	事	こと	事故（じこ） 見事（みごと） 事柄（ことがら） 140 好事家（こうずか）
	食	た	食事（しょくじ） 食う（くう） 食べる（たべる） 142 肉食（にくじき）
	神	かみ	神秘（しんぴ） 神様（かみさま） 女神（めがみ） 144 神戸（こうべ）
ㄖ	人	ひと	人口（じんこう） 人間（にんげん） 人通り（ひとどおり） 146 旅人（たびびと）
	日	ひ	日常（にちじょう） 日程（にってい） 休日（きゅうじつ） 日焼け（ひやけ） 148 十日（とおか） 月曜日（げつようび） 日本（にほん）
	入	にゅう	入選（にゅうせん） 入れる（いれる） 152 入る（はいる）
ㄗ	自	じ	自己（じこ） 自然（しぜん） 自ら（みずから） 154 自ずから（おのずから）
	再	さい	再度（さいど） 再来年（さらいねん） 156 再び（ふたたび）

注音檢索	日語漢字	最常見發音	容易混淆的多音型態		注音檢索	日語漢字	最常見發音	容易混淆的多音型態
	早	はや	早い（はやい） 早々（そうそう） 早速（さっそく） 足早（あしばや） 158			業	ぎょう	業務（ぎょうむ） 手業（てわざ） 176
	作	つく	作品（さくひん） 作る（つくる） 作用（さよう） 作家（さっか） 160		メ	文	ぶん	文化（ぶんか） 文書（もんじょ） 文月（ふみづき） 頭文字（かしらもじ） 178
	足	あし	足音（あしおと） 土足（どそく） 足る（たる） 162			外	そと	外国（がいこく） 外側（そとがわ） 外科（げか） 外（ほか） 180
ム	色	いろ	変色（へんしょく） 色紙（しきし） 音色（ねいろ） 164			物	もの	物理（ぶつり） 物語（ものがたり） 物価（ぶっか） 手荷物（てにもつ） 182
一	一	いち	一番（いちばん） 一つ（ひとつ） 一体（いったい） 同一（どういつ） 166		ㄩ	月	つき	月面（げつめん） 月給（げっきゅう） 月見（つきみ） 三月（さんがつ） 184
	有	あ	有害（ゆうがい） 有る（ある） 有無（うむ） 168			元	もと	元首（げんしゅ） 元手（もとで） 元旦（がんたん） 186
	言	い	言動（げんどう） 言う（いう） 伝言（でんごん） 寝言（ねごと） 170			雨	あめ	雨（あめ） 雨中（うちゅう） 雨戸（あまど） 小雨（こさめ） 188
	夜	よる	夜間（やかん） 夜道（よみち） 夜昼（よるひる） 172		ㄜ	悪	わる	悪魔（あくま） 悪い（わるい） 悪化（あっか） 憎悪（ぞうお） 190
	音	おと	音楽（おんがく） 子音（しいん） 足音（あしおと） 音色（ねいろ） 174					

日語多音字詞,這樣用就對了!

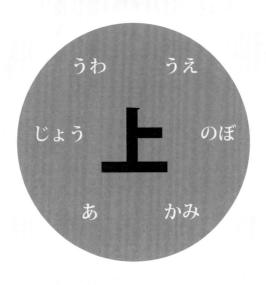

"白" 在詞首、詞尾有不同發音

はく し	しろ くま	しら が	わん ぱく
白紙	白熊	白髪	腕白

發音 & 位置，看清楚弄明白！

はく 白——

○○し	○○さい	○○じん	○○じょう
白紙	白菜	白人	白状
（白紙）	（白菜）	（白人）	（坦白）

——白 はく

めい○○	よ○○	こく○○	こう○○
明白	余白	告白	紅白
（明白）	（空白）	（告白）	（紅白）

——白 ぱく

けっ○○	わん○○	たん○○しつ	らん○○
潔白	腕白	蛋白質	卵白
（潔白）	（淘氣、頑皮）	（蛋白質）	（蛋白）

しろ 白——

○○	○○	○○あり	○○くま
白	白い	白蟻	白熊
（白色）	（白色的）	（白蟻）	（北極熊）

——白 しろ

くろ○○	ま ○○	おも○○	
黒白	真っ白	面白い	
（黒白）	（雪白、空白）	（有趣的）	

しら 白——

○○が	○○なみ	○○くも	○○かば
白髪	白波	白雲	白樺
（白髪）	（白浪、小偷）	（白雲）	（白樺樹）

びゃく 白 —

○○や
白夜
（永晝）

はっ 白——

○○けっきゅう
白血球
（白血球）

從生活學習多音字詞

① 過年時，很多日本人看「紅白歌唱大賽」。　　【紅白 / こうはく】

② 有部電影很有趣，要不要一起去看？　　【面白い / おもしろい】

③ 冬天的北海道下雪後，就變成雪白世界。　　【真っ白 / まっしろ】

④ 肌力訓練後，大量攝取蛋白質才會有效果。　　【蛋白質 / たんぱくしつ】

⑤ 告白時，緊張到腦袋一片空白。　　【告白 / こくはく】【真っ白 / まっしろ】

⑥ 上野動物園的北極熊是既頑皮又非常可愛。　　【白熊 / しろくま】【腕白 / わんぱく】

---

① 年越しのとき、多くの 日本人は 紅白歌合戦を見ます。
（過年時）　（很多的）

② 面白い映画があります が、一緒に 見に行きませんか。
（有部有趣的電影）　　　（一起）　　　（要不要去看）

③ 冬の北海道は 雪が降って、真っ白な 世界に なります。
（下雪）　　（雪白色的）　　　（變成）

④ 筋トレのあと、蛋白質を多く取れば、効果が出ます。
（肌力訓練後）　（如果大量攝取蛋白質）　（有效果）

⑤ 告白したとき、緊張して 頭の中が 真っ白になりました。
（變成一片空白）

⑥ 上野動物園の 白熊は 腕白で とてもかわいいです。
（北極熊）　（頑皮）　　（非常可愛）

文型

① 觀看、觀賞電視節目　　　電視節目 を見ます

② 有…樣的電影　　　い形容詞 映画があります

③ 變成…的世界　　　な形容詞 な世界になります

④ 如果大量攝取…就會有效果　　　名詞 を多く取れば、効果が出ます

⑤ …變成一片空白　　　名詞 が真っ白になりました

⑥ 既頑皮又…　　　腕白で い形容詞 です

"平" 在詞首、詞尾有不同發音

へい わ | ひら およ | びょう どう
平和 | 平泳ぎ | 平等

發音＆位置，看清楚弄明白！

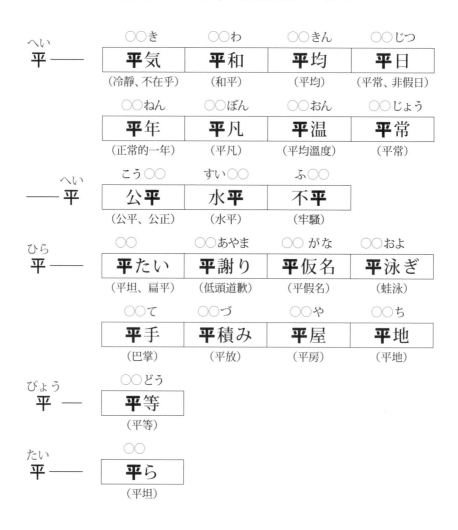

へい
平——

○○き	○○わ	○○きん	○○じつ
平気	平和	平均	平日
（冷靜、不在乎）	（和平）	（平均）	（平常、非假日）

○○ねん	○○ぼん	○○おん	○○じょう
平年	平凡	平温	平常
（正常的一年）	（平凡）	（平均溫度）	（平常）

——平
へい

こう○○	すい○○	ふ○○
公平	水平	不平
（公平、公正）	（水平）	（牢騷）

ひら
平——

○○	○○あやま	○○がな	○○およ
平たい	平謝り	平仮名	平泳ぎ
（平坦、扁平）	（低頭道歉）	（平假名）	（蛙泳）

○○て	○○づ	○○や	○○ち
平手	平積み	平屋	平地
（巴掌）	（平放）	（平房）	（平地）

びょう
平——

○○どう
平等
（平等）

たい
平——

○○
平ら
（平坦）

從生活學習多音字詞

① 游泳項目中，我最擅長蛙式。　　　　　【平泳ぎ / ひらおよぎ】

② 運動要講求公正評審。　　　　　　　　【公平 / こうへい】

③ 不知道漢字的話，請用平假名寫。　　　【平仮名 / ひらがな】

④ 最近的筆記型電腦的平均售價約十萬　　【平均 / へいきん】
　日圓。

⑤ 他就算工作繁忙，也總是表情平靜，　　【平気 / へいき】【不平 / ふへい】
　沒有怨言。

⑥ 非假日時，我平均讀四小時日文。　　　【平日 / へいじつ】【平均 / へいきん】

---

① 私は　水泳の中で　平泳ぎが　いちばん得意です。
　　（蛙式）　　　　　　　（最擅長）

② スポーツでは　公平な審査が　求められます。
　　（運動的場合）　（公正的評審）　　（被要求）

③ 漢字がわからない時は　平仮名で書いて　ください。
　　（不知道漢字的時候）　　　（用平假名書寫）　　（請對方做…）

④ 最近の　ノートパソコン　の平均価格は　10万円　くらいです。
　　　　　（筆記型電腦）　　　　　　　　　　　　（大約、大概）

⑤ 彼は　仕事が忙しいときも、　いつも　平気な顔で、
　　　　（工作繁忙的時候也…）　　（總是）　（平靜的表情）

　不平不満を言いません。
　　（沒有抱怨）

⑥ 平日、わたしは　平均4時間、　日本語の勉強をします。
　（非假日）　　　（平均4小時）　　（用功讀日文）

文型

① 最擅長…　　　　　　　　　　　名詞　がいちばん得意です

② 被要求…、要講求…　　　　　　な形容詞＋な＋名詞　が求められます。

③ 請用…文字、語言書寫　　　　　文字、語言　で書いてください

④ 平均售價約…元　　　　　　　平均価格は　金額　くらいです

⑤ …很繁忙的時候　　　　　　　名詞　が忙しいとき

⑥ 學習…、用功讀…　　　　　　名詞　の勉強をします

"木" 在詞首、詞尾有不同發音

もくざい **木材**	ぼくとう **木刀**	こかげ **木陰**	くさき 草**木**

發音 & 位置，看清楚弄明白！

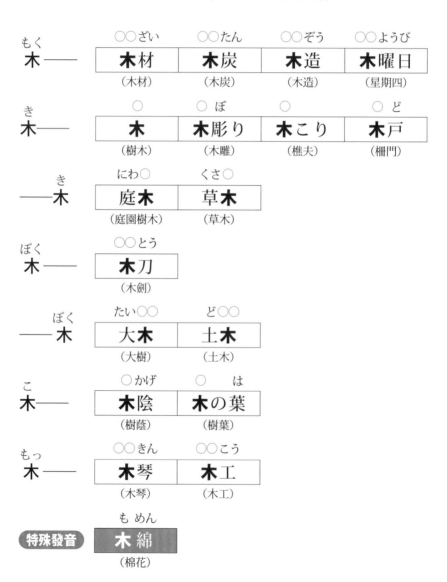

もく 木――	○○ざい **木材** （木材）	○○たん **木炭** （木炭）	○○ぞう **木造** （木造）	○○ようび **木曜日** （星期四）
き 木――	○ **木** （樹木）	○ぼ **木彫り** （木雕）	○ **木こり** （樵夫）	○ど **木戸** （柵門）

き ――木	にわ○ **庭木** （庭園樹木）	くさ○ 草**木** （草木）

ぼく 木――	○○とう **木刀** （木劍）

ぼく ――木	たい○○ 大**木** （大樹）	ど○○ 土**木** （土木）

こ 木――	○かげ **木陰** （樹蔭）	○は **木の葉** （樹葉）

もっ 木――	○○きん **木琴** （木琴）	○○こう **木工** （木工）

特殊發音	もめん **木綿** （棉花）

從生活學習多音字詞

❶ 不好意思，我這個星期四有事。 　　　　【木曜日 / もくようび】

❷ 為了環保，我不用竹筷子。 　　　　　　【木の割り箸 / きのわりばし】

❸ 最近，附近土木施工的噪音很吵而無 　　【土木 / どぼく】
　 法唸書。

❹ 這件衣服是 100% 純棉製成。 　　　　　【木綿 / もめん】

❺ 我家是兩層木造建築，庭院有楓樹。 　　【木造 / もくぞう】

❻ 樵夫累了，所以在樹蔭下休息一下。 　　【木こり / きこり】【木陰 / こかげ】

---

❶ すみませんが、今 週 の 木曜日は　用事があります。
　　　　　　　（這個星期四）　　　　（有要事）

❷ わたしは　環 境 保護のために、木の割り箸を使いません。
　　　　　　　（為了環保）　　　　　　　（不用竹筷子）

❸ 最近、近所の土木工事の音が　うるさくて　勉 強 できません。
　　　　　（附近土木施工的噪音）　　（很吵）　　　（無法唸書）

❹ この服は　木綿１００パーセントで　できています。
　　　　　　（以 100% 純棉）　　　　　（所製作的）

❺ わたしの家は　木造二階建てで、庭には　紅葉の木があります。
　　　　　　　（兩層木造建築）　（在庭院）　　（有楓樹）

❻ 木こりは　疲れた　ので、木陰で　一休みしました。
　　（樵夫）　　（疲憊）（因為）（在樹蔭）　　（休息一下）

文型

❶ 星期幾有要事 　　　　　│星期幾│は用事があります

❷ 不使用某物 　　　　　　│某物│を使いません

❸ …的聲音很吵雜 　　　　│名詞│の音がうるさい

❹ 以某種材料所製成的 　　│材料│でできています

❺ 庭院裡有某物 　　　　　庭には│某物│があります

❻ 在某個地方休息一下 　　│地點│で一休みしました

"末"在詞首、詞尾有不同發音

まつろ	まっき	すえこ
末路	**末**期	**末**っ子

發音＆位置，看清楚弄明白！

まつ 末——

○○ろ	○○じつ	○○び	○○だい
末路	**末**日	**末**尾	**末**代
（晚年）	（最後一天）	（結尾）	（末代）

○○ご	○○よう	○○ざ	
末期	**末**葉	**末**座	
（末期）	（末葉）	（地位較低者的座位）	

まつ ——末

しゅう○○	ねん○○	そ○○	き○○
週**末**	年**末**	粗**末**	期**末**
（週末）	（年底）	（粗糙、簡陋）	（期末）

げつ○○	し○○	たん○○	けつ○○
月**末**	始**末**	端**末**	結**末**
（月底）	（處理）	（終端機）	（結局）

まっ 末——

○○き	○○たん	○○ぱい	○○し
末期	**末**端	**末**輩	**末**子
（末期）	（末端）	（晚輩）	（老么）

すえ 末——

○○	○○ひろ	○○こ	○○ずえ
末	**末**広	**末**っ子	**末**々
（之後、結果、末端）	（日本扇子）	（老么）	（將來、子孫）

すえ ——末

ゆ○○
行く**末**
（前途、未來）

從生活學習多音字詞

❶ 在日本，每年年底一定會大掃除。　　　【年末 / ねんまつ】
❷ 粗糙的東西不成敬意，請收下。　　　　【粗末 / そまつ】
❸ 一般來說，老么都很會撒嬌。　　　　　【末っ子 / すえっこ】
❹ 日本近來經濟不景氣，前景堪慮。　　　【行く末 / ゆくすえ】
❺ 下週末要幫忙家裡，會很忙碌。　　　　【週末 / しゅうまつ】
❻ 期末報告請在本月最後一天之前交出。　【期末 / きまつ】【末日 / まつじつ】

---

❶ 日本では、年末は　毎年、必ず　大掃除をします。
　　　　　　　　　　　　　　　（一定）

❷ こんな粗末な物ですが、　受け取ってください。
　　（雖然是如此粗糙的東西）　　　　（請接受、收下）

❸ 一般的に、末っ子は　甘えん坊です。
　　　　　　　（老么）　　（很會撒嬌的人）

❹ 最近の日本は　経済が不景気で、行く末が不安です。
　　　　　　　　　（因為經濟不景氣）　　（前途令人感到不安）

❺ 来週の週末は　家の手伝いで　忙しいです。
　　　　　　　　　（因為幫忙家裡）

❻ 期末レポートは　今月末日までに　提出してください。
　（期末報告）　　（在本月底之前）　　　（請交出…）

文型

❶ 每年一定會做…　　　　　　　毎年、必ず 名詞 をします
❷ 雖然是如此…的東西　　　　　こんな な形容詞 な物ですが
❸ 某人很會撒嬌　　　　　　　　某人 は甘えん坊です
❹ …令人感到不安　　　　　　　名詞 が不安です
❺ 因為…而忙碌　　　　　　　　名詞 で忙しいです
❻ 請在某個期限前交出　　　　　日期、時間點 までに提出してください

"目" 在詞首、詞尾有不同發音

<table>
<tr><td>もくひょう
目標</td><td>まぶか
目深</td><td>めぐすり
目薬</td></tr>
</table>

發音 & 位置，看清楚弄明白！

もく 目──

○○じ	○○ひょう	○○てき	○○げき
目次	**目標**	**目的**	**目撃**
（目錄）	（目標）	（目的）	（親眼看見）

○○そく	○○ろく	○○と	○○ぜん
目測	**目錄**	**目途**	**目前**
（目測）	（目錄）	（目的、目標）	（目前）

もく ──目

こう○○	ちゅう○○	か○○	いち○○
項目	**注目**	**課目**	**一目**
（項目）	（注目）	（科目）	（一隻眼、乍看之下）

ま 目──

○ぶか	○ばゆ		
目深	**目映い**		
（帽子壓很低）	（耀眼的）		

め 目──

○	○うえ	○ぐすり	○ ざ
目	**目上**	**目薬**	**目指す**
（眼睛）	（上司、長輩）	（眼藥水）	（以…為目標）

め ──目

しろ○	ひと○	やく○	まじ○
白目	**人目**	**役目**	**真面目**
（眼白、冷眼以對）	（他人目光）	（職責、任務）	（認真）

ぬの○	ふた○	つぎ○	ふたこと○
布目	**二目**	**継目**	**二言目**
（布紋）	（再看）	（繼承人）	（口頭禪）

從生活學習多音字詞

❶ 與上司及長輩說話時，要使用敬語。　　【目上 / めうえ】
❷ 看書時，會先看目錄。　　　　　　　　【目次 / もくじ】
❸ 我看到有個男生正在隨手亂丟菸蒂。　　【目擊 / もくげき】
❹ 問卷調查的項目全部共有 20 項。　　　【項目 / こうもく】
❺ 他以明年日檢一級合格為目標，認真　　【目指す / めざす】【真面目 / まじめ】
　 讀書。
❻ 眼睛有點疲勞，請借我眼藥水。　　　　【目 / め】【目薬 / めぐすり】

---

❶ 目上の人と　　話す時、　敬語を使いましょう。
　（和上司及長輩）　（說話時）　　　（要使用敬語）

❷ 本を読む時、まず　最初に　目次を見ます。
　（看書時）　　（首先）　　　　　（看目錄）

❸ わたしは　タバコをぽい捨てしている　男性を目撃しました。
　　　　　　　（正在隨手亂丟菸蒂）　　　　（看到…的男生）

❹ アンケート　の項目は　全部で　20項目　あります。
　（問卷調查）　　　　　　　　　　　　（有）

❺ 彼は　来年の　日本語検定一級 合格を目指して、
　　　　　　（把日文檢定一級合格當作目標，目指して是「目指す」的て形）

　真面目に　勉強 しています。
　（認真地）　　（唸書）

❻ ちょっと　目が疲れた　ので、　目薬を貸してください。
　（稍微）　（眼睛疲勞）　（因為）　　（請借我眼藥水）

文型

❶ 與某人說話　　　　　　　　　　[某人] と話します
❷ 首先會看…　　　　　　　　　　まず最初に [名詞] を見ます
❸ 正在隨手亂丟…　　　　　　　　[名詞] をぽい捨てしています
❹ 全部共有…個項目　　　　　　　全部で [數目] 項目あります
❺ 以…為目標　　　　　　　　　　[名詞] を目指します
❻ 請借給我…　　　　　　　　　　[名詞] を貸してください

めい し	なま え	みょう じ
名刺	**名**前	**名**字

發音 & 位置，看清楚弄明白！

めい名——

○○し	○○じん	○○さく	○○ぶつ
名刺	**名**人	**名**作	**名**物
（名片）	（名人）	（名作）	（名產）

めい——名

じん○○	すう○○	だい○○	とく○○
人**名**	数**名**	題**名**	匿**名**
（人名）	（數名）	（標題）	（匿名）

きょく○○	せい○○	ひつ○○	ぞく○○
曲**名**	姓**名**	筆**名**	俗**名**
（曲名）	（姓名）	（筆名）	（俗名）

な名——

○	○まえ	○の	○ごや
名	**名**前	**名**乗る	**名**古屋
（名、名字）	（名字）	（自稱）	（名古屋）

○ごりお
名残惜しい
（依依不捨）

な——名

が○	とお○
ふり仮**名**	通り**名**
（日文假名）	（通稱）

みょう名—

○○じ	○○だい
名字	**名**代
（姓氏）	（有名、著名）

みょう—名

あく○○	ほん○○	い○○	こう○○
悪**名**	本**名**	異**名**	功**名**
（惡名）	（本名）	（別名）	（功名）

從生活學習多音字詞

❶ 交換名片是職場禮儀之一。　　　　　　【名刺 / めいし】

❷ 「龍龍與忠狗」是世界名著小說。　　　　【名作 / めいさく】

❸ 選舉採匿名投票。　　　　　　　　　　　【匿名 / とくめい】

❹ 雖然依依不捨，但差不多該回家了。　　　【名残惜しい / なごりおしい】

❺ 請在姓名上方寫出日文假名。　　　　　　【名前 / なまえ】【ふり仮名 / ふりがな】

❻ 如果要說名古屋的名產，就是味噌豬排。　【名古屋 / なごや】【名物 / めいぶつ】

---

❶ 名刺交換は　ビジネスマナー　の一つです。
　（交換名片）　　（職場禮儀）　　（…的其中一個）

❷ 「フランダースの犬」は 世界の　名作物語 です。
　　　　　　　　　　　　　　　　　（名著小說）

❸ 選挙は　匿名で　投票 します。
　　　（用匿名方式）

❹ 名残惜しいですが、そろそろ　家に帰ります。
　（雖然依依不捨）　　（差不多該…）　（回家）

❺ 名前の上に　ふり仮名を書いてください。
　（在姓名上方）　　（請寫出日文假名）

❻ 名古屋の名物　といえば、味噌カツです。
　（名古屋名產）　（如果要說…）　（味噌豬排）

文型

❶ …的其中之一　　　　　　　　　 名詞 の一つです

❷ …是世界名著小說　　　　　　　 書名 は世界の名作物語です

❸ 以…方式投票　　　　　　　　　 名詞 で投票します

❹ 差不多該回去某個地方　　　　　そろそろ 地點 に帰ります

❺ 請把…寫出來　　　　　　　　　 名詞 を書いてください

❻ 如果要說某地的名產，就是…　　 地點 の名物といえば、 名詞 です

"明" 在詞首、詞尾有不同發音

めいかい	みょうねん	あ	あか
明快	**明**年	**明**かり	**明**るい

發音 & 位置，看清楚弄明白！

めい
明——

○○かい	○○じ	○○さい	○○かく
明快	**明**治	**明**細	**明**確
(簡單明確)	(明治天皇在時期)	(明細)	(明確)

めい
——明

しょう○○	とう○○	はつ○○	せつ○○
証**明**	透**明**	発**明**	説**明**
(證明)	(透明)	(發明)	(説明)

みょう
明——

○○ごにち	○○ばん	○○にち	○○ねん
明後日	**明**晩	**明**日	**明**年
(後天)	(明晩)	(明天)	(明年)

あ
明——

○	○	○	○
明かり	**明**ける	**明**く	**明**かす
(光、燈)	(天亮、新年)	(開、空)	(解釋、證明)

あか
明——

○○	○○	○○	○○
明るい	**明**るみ	**明**るさ	**明**るむ
(明亮的)	(明亮的地方)	(光亮)	(發亮、快活)

あき
明——

○○
明らか
(明亮、明顯、顯然)

特殊發音	あす	あした	あさって	よあ
	明日	**明**日	**明**後日	夜**明**け
	(明天)	(明天)	(後天)	(黎明、天亮)

從生活學習多音字詞

❶ 她明天要去北海道旅遊。　　　　　　【明日 / あした】
❷ 垃圾請裝入透明塑膠袋丟棄。　　　　【透明 / とうめい】
❸ 在明亮的地方看書吧。　　　　　　　【明るい / あかるい】
❹ 從明天到後天都會下雨吧。　　　　　【明日 / あす】【明後日 / あさって】
❺ 清晨地平線漸漸變得明亮。　　　　　【夜明け / よあけ】【明るい / あかるい】
❻ 請清楚說明明天請假的原因。　　　　【明確 / めいかく】【説明 / せつめい】

---

❶ 彼女は　明日、北海道に　旅行に行きます。
　　　　　　　　　　　　　　（去旅遊）

❷ ゴミは　透明なビニール袋に入れて　捨ててください。
　（垃圾）　　　（裝入透明塑膠袋）　　　　（請丟棄）

❸ 本は　明るい場所で　読みましょう。
　　　（在明亮的地方）　（看書吧）

❹ 明日から　明後日にかけて　雨が降るでしょう。
　（從明天）　（直到後天）　　（應該會下雨吧）

❺ 夜明けの地平線が　だんだん　明るくなってきました。
　（清晨地平線）　　（漸漸地）（變得越來越明亮, 明るい的字尾い變成く）

❻ 明日　休む理由を　明確に説明してください。
　　　（請假的理由）　　（請說明清楚）

文型

❶ 去某個地方旅遊　　　　　地點 に旅行に行きます
❷ 請裝入…再丟棄　　　　　名詞 に入れて捨ててください
❸ 在某個地方看書吧　　　　地點 で読みましょう
❹ 從明天直到某個時間　　　明日から 時間、日期 にかけて
❺ 變得越來越…　　　　　　い形容詞 字尾い 變成く なってきました
❻ 請把…說清楚　　　　　　名詞 を明確に説明してください。

"反" 在詞首、詞尾有不同發音

はん たい	そ	かえ	たん もの
反対	反らす	反す	反物

發音 & 位置，看清楚弄明白！

はん
反——

○○たい	○○せい	○○のう	○○ろん
反対	反省	反応	反論
（反對）	（反省）	（反應）	（反駁）

○○しゃ	○○ご	○○えい	○○こう
反射	反語	反映	反抗
（反射）	（嘲諷）	（反映）	（反抗）

はん
——反

り○○	ぞう○○	い○○	そう○○
離反	造反	違反	相反
（叛離）	（造反）	（違反）	（相反）

そ
反——

○	○	○	○ み
反る	反り	反らす	反り身
（翹、後彎）	（彎曲、人與人的性格）	（把…弄彎）	（後仰）

○ はし	○ ぱ
反り橋	反っ歯
（拱橋）	（暴牙）

かえ
反——

○○	○○
反す	反る
（翻過來）	（翻、顛倒）

たん
反——

○○もの
反物
（綢緞、布匹）

從生活學習多音字詞

① 疲勞時，如果背部後仰會覺得很舒服。　【反らす / そらす】

② 這塊漂亮的布料是在京都買的。　　　　　【反物 / たんもの】

③ 總覺得跟他個性合不來。　　　　　　　　【反り / そり】

④ 我敲了廁所門，但裡頭沒反應。　　　　　【反応 / はんのう】

⑤ 他正在反省違反交通規則的事。　　　　　【交通違反 / こうつういはん】

　　　　　　　　　　　　　　　　　　　　【反省 / はんせい】

⑥ 家人都反對我們結婚，但我們卻無法　　　【反対 / はんたい】【反論 / はんろん】
　反駁。

---

① 疲れとき、背中を反らすと　気持ち良いです。
　（疲勞時）　　（如果背部後仰）　　　（很舒服）

② この 美しい反物は　京 都で買いました。
　　（這塊漂亮布料）　　　（在京都買的）

③ 彼とは　どうも、反りが合いません。
　（和他）　（總覺得）　　（個性合不來）

④ トイレのドア　を　ノックしましたが、反応はありませんでした。
　　　　　　　　（雖然敲了廁所的門，但是…）　　　　　（沒有反應）

⑤ 彼は　交通違反したことを　反省しています。
　　　　（交通違規的事情）　　（正在反省）

⑥ わたしたちは　家族に結婚を反対されましたが、
　（我們）　　　　　（被家人反對結婚，但是…）

　反論できませんでした。
　（無法反駁）

文型

① 如果做…的話，會覺得舒服	名詞 を 動詞原形 と気持ち良いです
② 在某地購買的	地點 で買いました
③ 和某人合不來	某人 とは反りが合いません
④ 敲了…的門	名詞 のドアをノックしました
⑤ 某人正在反省	某人 は反省しています
⑥ 被某人反對	某人 に反対されました

ぶん べつ
分別

わ
分かる

ふん びょう
分 秒

ご ぶ ご ぶ
五**分**五**分**

分

發音 & 位置，看清楚弄明白！

ぶん
分——

○○せき	○○かつ	○○や	○○べつ
分析	**分**割	**分**野	**分**別
（分析）	（分割、分期）	（領域）	（分別）

ぶん
——分

じ○○	すい○○	えん○○	じゅう○○
自**分**	水**分**	塩**分**	十**分**
（自己）	（水分）	（鹽分）	（充分）

わ
分——

○	○	○
分ける	**分**かれる	**分**かる
（分開、區分）	（分離、離別）	（了解）

○　　あ
分かち合う
（分享）

ふん
分——

○○べつ	○○どう	○○びょう	○○しん
分別	**分**銅	**分**秒	**分**針
（辨明是非善惡）	（砝碼）	（分秒）	（分針）

ぶ
一分一

ご ○ ご ○	いち ○ いちりん
五**分**五**分**	一**分**一 厘
（不分上下）	（一分一厘）

ぶ
——分

ご ○
五**分**
（五分之一）

從生活學習多音字詞

❶ 信用卡能分期付款。　　　　　　　【分割 / ぶんかつ】

❷ 這款茶壺的壺身與蓋子能分開清洗。　【分ける / わける】

❸ 垃圾要區分為可燃與不可燃再丟棄。　【分別 / ぶんべつ】

❹ 我和他同屬商學院，但專攻領域不同。【分野 / ぶんや】

❺ 我已經充分了解你想說的事。　　　　【十分 / じゅうぶん】【分かる / わかる】

❻ 運動時要充分補充水分。　　　　　　【十分 / じゅうぶん】【水分 / すいぶん】

---

❶ クレジットカードは　分割払いができます。
　　　（信用卡）　　　　　（能夠分期付款）

❷ このポットは　本体とふたを　分けて洗えます。
　　（這款茶壺）　（壺身與蓋子）（能分開清洗，分けては「分ける」的て形）

❸ ゴミは　燃えるゴミ　と　燃えないゴミに　分別して　捨てます。
　（垃圾）（可燃垃圾）　　（不可燃垃圾）　（區分為…）　（丟棄）

❹ わたし　も　彼　も　経済学部ですが、専門分野が　違います。
　　　　（也）　（也）　（雖然是商學院）（專攻的領域）　（不同）

❺ あなたが言いたいことは　十分　分かりました。
　　　（你想說的事）　　　（充分）（了解，分かる的ます體「分かります」的過去式）

❻ 運動をするときは　十分に　水分を補給しましょう。
　　　　　　　　　　　（充足）　　（需補充水分）

文型

❶ 能夠…　　　　　　　　　 名詞 ができます

❷ …與…能分開清洗　　　 名詞 と 名詞 を分けて洗えます

❸ 區分為…與…後再丟棄　 名詞 と 名詞 に分別して捨てます

❹ …不一樣、…不同　　　 名詞 が違います

❺ 某人想說的是…　　　　 某人 が言いたいことは…

❻ 要充分補充某物　　　　 十分に 某物 を補給しましょう

"風" 在詞首、詞尾有不同發音

ふう けい	かぜ	かざ ぐるま	みん ぷう
風景	風	風車	民風

發音 & 位置，看清楚弄明白！

ふう 風——

○○けい	○○しゅう	○○せん	○○りょく
風景	風習	風船	風力
（風景）	（風俗習慣）	（氣球）	（風力）

——風 ふう

こ○○	ぼう○○	たい○○	きゅう○○
古風	暴風	台風	強風
（古色古香、作風傳統）	（暴風）	（颱風）	（強風）

かざ 風——

○○ぐるま	○○かみ	○○しも	○○む
風車	風上	風下	風向き
（風車）	（迎風）	（背風）	（風向、情勢）

かぜ 風——

○○	○○あ	○○とお
風	風当たり	風通し
（風）	（風勢、批評聲浪）	（通風）

——風 かぜ

はる○○	きた○○	みなみ○○	お　○○
春風	北風	南風	追い風
（春風）	（北風）	（南風）	（順風）

——風 ぷう

なん○○	しっ○○	みん○○	しゅん○○
南風	疾風	民風	春風
（南風）	（強風）	（民風）	（春風）

ふ 風——

○ろ	○ろば	○ぜい
風呂	風呂場	風情
（浴池）	（浴室）	（風情）

特殊發音

かぜ
風邪
（感冒）

從生活學習多音字詞

① 風力發電有益環保。　　　　　　　　【風力 / ふうりょく】
② 作風傳統的人，至今仍用紙筆寫信。　【古風 / こふう】
③ 天氣寒冷，請小心不要感冒。　　　　【風邪 / かぜ】
④ 日本一月有各種風俗習慣。　　　　　【風習 / ふうしゅう】
⑤ 我們住的城鎮已進入颱風的暴風圈範　【台風 / たいふう】【暴風 / ぼうふう】
　　圍。
⑥ 從清水寺能看見別具風情的京都景　　【風情 / ふぜい】【風景 / ふうけい】
　　致。

---

① 風力発電は　環境保護に　役立ちます。
　（對環保有益處）

② 古風な人は、　今でも　ペンと紙で　手紙を書きます。
　（作風傳統的人）　（至今）　（用紙筆）　　　（寫信）

③ 寒いので、風邪を引かないように　気をつけてください。
　（因為寒冷）　　（為了避免感冒）　　　　（請小心）

④ 日本の正月は　いろいろな風習が　あります。
　　　　　　　（各種的風俗習慣）　（有）

⑤ わたしたちの町は　台風の暴風域に　入りました。
　（我們的城鎮）　　（颱風的暴風圈）　（進入…）

⑥ 清水寺からは、風情がある　京都の風景が見えます。
　（從清水寺）　（具有風情）　　（能夠看見京都景致）

文型

① 對…有益處　　　　　　　　　[名詞] に役立ちます
② 用某種工具寫信　　　　　　　[工具] で手紙を書きます
③ 請小心不要…　　　　　　　　[動詞否定形ない] ように気をつけてください
④ 有各種…　　　　　　　　　　いろいろな [名詞] があります
⑤ 已經進入某區域　　　　　　　[區域] に入りました
⑥ 從某地可以看見某物　　　　　[地點] から [某物] が見えます

"大" 在詞首、詞尾有不同發音

だい がく	たい へん	おお
大学	**大**変	**大**きい

發音 & 位置，看清楚弄明白！

だい 大——

○○がく	○○じ	○○じょうぶ	○○たい
大学	**大事**	**大丈夫**	**大体**
（大學）	（關鍵）	（不要緊、沒問題）	（大概）

○○しょう	○○す	○○ とし	○○とうりょう
大小	**大好き**	**大都市**	**大統領**
（大小）	（非常喜歡）	（大都市）	（總統）

だい ——大

せい○○	じゅう○○	かく○○	とう○○
盛**大**	重**大**	拡**大**	東**大**
（盛大）	（重大）	（擴大）	（東京大學）

たい 大——

○○へん	○○せつ	○○きん	○○りょう
大変	**大切**	**大金**	**大量**
（非常、麻煩、辛苦）	（重要、珍貴）	（大筆金錢）	（大量）

○○かい	○○りく	○○はん	○○し
大会	**大陸**	**大半**	**大使**
（大會）	（大陸）	（大半）	（大使）

おお 大——

○○あめ	○○ぞら	○○どお	○○
大雨	**大空**	**大通り**	**大きい**
（大雨）	（廣大天空）	（大街）	（大的）

特殊發音

やまと
大和
（日本舊稱）

從生活學習多音字詞

① 我很愛惜使用媽媽送的項鍊。　　　　【大切 / たいせつ】

② 今晚大概十點左右會回家。　　　　　【大体 / だいたい】

③ 明明發燒還出門，不要緊吧？　　　　【大丈夫 / だいじょうぶ】

④ 如果看到路上掉了一大筆錢，你會撿　【大金 / たいきん】
　嗎？

⑤ 大學學園祭於上週日盛大舉行。　　　【大学 / だいがく】【盛大 / せいだい】

⑥ 買東西回來的途中下大雨，很麻煩。　【大雨 / おおあめ】【大変 / たいへん】

---

① 母からもらった　ネックレスを　大切に使っています。
　（媽媽送的）　　　（項鍊）　　　　（愛惜著使用）

② 今夜は　大体　１０時くらいに　うちに帰ります。
　　　　　（大概）　（10點左右）　　　（回家）

③ 熱があるのに、　外出しても　大丈夫ですか。
　（發燒了卻…）　（即使外出）　　（沒關係嗎）

④ もし、道に　大金が落ちていたら、　拾いますか。
　（假使）　　（有大筆金錢遺留的話）　（會撿起來嗎）

⑤ 先週日曜日の　大学祭は　盛大に行われました。
　（上星期日）　　（大學學園祭）　（被盛大舉行）

⑥ 買い物の帰りに、　大雨が降って　大変でした。
　（買東西回來的途中）　（下大雨）　（很麻煩）

文型

① 愛惜著使用某物　　　　　　| 某物 |を大切に使っています

② 大約幾點回家　　　　　　　| 幾點 |くらいにうちに帰ります

③ 即使...也沒關係嗎　　　　| する形動詞　する變成しても| 大丈夫ですか

④ 如果看到路上遺留某物的話　もし、道に| 某物 |が落ちていたら

⑤ …被盛大舉行　　　　　　　| 名詞 |は盛大に行われました

⑥ 在…回來的途中　　　　　　| 名詞 |の帰りに

"道" 在詞首、詞尾有不同發音

どう・とく	みち・すじ	しん・とう
道徳	道筋	神道

發音＆位置，看清楚弄明白！

どう道——

○○とく	○○ろ	○○ぐ	○○じょう
道徳	道路	道具	道場
（道德）	（道路）	（道具）	（道場）

○○ちゅう	○○り	○○らく	○○きょう
道中	道理	道楽	道教
（旅途中）	（道理）	（愛好、興趣）	（道教）

——**どう**道

じゅう○○	ほう○○	ほっかい○○	てつ○○
柔道	報道	北海道	鉄道
（柔道）	（新聞報導）	（北海道）	（鐵路）

どう○○	かい○○	しょく○○	どう○○
王道	街道	食道	県道
（君王之道）	（街道）	（食道）	（縣道）

みち道——

○○	○○しるべ	○○すじ	○○じゅん
道	道標	道筋	道順
（道路、路程）	（路標）	（道路、道理）	（路徑）

——**みち**道

さか○○	うら○○	ちか○○	すじ○○
坂道	裏道	近道	筋道
（坡道）	（後門、小道）	（捷徑）	（條理、順序）

——**とう**道

しん○○
神道
（神道教）

從生活學習多音字詞

❶ 北海道冬天氣溫會降到零下十度以下。　　【北海道 / ほっかいどう】

❷ 考試合格沒有捷徑。　　　　　　　　　　【近道 / ちかみち】

❸ 將來我想從事新聞相關工作。　　　　　　【報道 / ほうどう】

❹ 請簡單易懂、有條理的說明。　　　　　　【筋道を立てる / すじみちをたてる】

❺ 在柔道的道場，請脫鞋進入。　　　　　　【柔道 / じゅうどう】【道場 / どうじょう】

❻ 請看馬路旁的路標。　　　　　　　　　　【道路 / どうろ】【道標 / みちしるべ】

---

❶ 北海道の冬は　マイナス10度以下に　なります。
　　　　　　（零下十度以下）　　　　　　（變成…）

❷ 試験に合格するための　近道は　ありません。
　　（為了通過考試的）　　　（捷徑）　　　（沒有）

❸ わたしは　将来、報道関係の仕事を　したいです。
　　　　　　　　　　（新聞相關工作）　　　（想從事）

❹ わかりやすく、　　筋道を立てて
　　（容易了解）　　　　（有條理的，筋道を立てて是「筋道を立てる」的て形）

　説明してください。
　　（請說明…）

❺ 柔道の道場では、靴を脱いで　上がってください。
　　　　　　　　　　（脫鞋）　　　　（請進入）

❻ 道路わきにある　道標を見てください。
　　（位在馬路旁的…）　（請看路標）

文型

❶ 零下…度　　　　　　　　　　マイナス 數字 度

❷ …是沒有捷徑的　　　　　　　 名詞 の近道はありません

❸ 某人想從事…的工作　　　　　 某人 は 名詞 の仕事をしたいです

❹ 請說明…　　　　　　　　　　 名詞 を説明してください

❺ 請脫鞋後進入　　　　　　　　 鞋子 を脱いで上がってください

❻ 位在馬路旁的…　　　　　　　道路わきにある 名詞

"読" 在詞首、詞尾有不同發音

どくしゃ	よ	どっかい	とうてん
読者	読む	読解	読点

發音＆位置，看清楚弄明白！

どく読——

○○しょ	○○しゃ	○○は	○○ご
読書	読者	読破	読後
（閱讀）	（讀者）	（讀完）	（讀後）

——どく読

じゅく○○	ひつ○○	ろう○○	せい○○
熟読	必読	朗読	精読
（熟讀）	（必讀）	（朗讀）	（仔細閱讀）

おん○○	くん○○	はん○○	えつ○○
音読	訓読	判読	閲読
（音讀）	（訓讀）	（判讀）	（閱讀）

よ読——

○　かた	○　て	○
読み方	読み手	読む
（唸法）	（讀者）	（閱讀）

—読—

おん○	くん○○
音読み	訓読み
（音讀發音）	（訓讀發音）

どっ読——

○○かい	○○きょう
読解	読経
（讀解）	（唸經）

とう読——

○○てん	○○し	く○○てん
読点	読師	句読点
（逗點）	（古代僧官）	（標點符號）

とく読——

○○ほん
読本
（課本、教科書）

從生活學習多音字詞

❶ 這本是日語學習者的必讀書籍。　　　　　【必読 / ひつどく】

❷ 我讀完小說後，寫了讀後心得。　　　　　【読む / よむ】【読後 / どくご】

❸ 媽媽常會朗讀書本內容給孩子聽。　　　　【朗読 / ろうどく】

❹ 「国」這個字的音讀發音為「コク」，　　【音読み / おんよみ】
　　訓讀發音為「くに」。　　　　　　　　【訓読み / くんよみ】

❺ 標點符號的位置不同，唸法也不同。　　　【読点 / とうてん】【読み方 / よみかた】

❻ 喜歡看書的學生擅長做閱讀測驗。　　　　【読書 / どくしょ】【読解 / どっかい】

---

❶ この本は　日本語を勉強する人　の　必読書です。
　　　　　　　（學日語的人）

❷ 小説を読んだ後、　読後の感想文を書きました。
　（閱讀小說之後，読む的常體過去式）　　（寫了讀後心得）

❸ お母さんは　よく　子供に　本を朗読して聞かせます。
　　　　　　　（時常）　　　　　　（朗讀書本給…聽）

❹ 「国」の　音読みは　「コク」、訓読みは　「くに」です。
　　　　　　（音讀發音）　　　　　　（訓讀發音）

❺ 句読点の場所によって、　読み方が異なります。
　（依照標點符號的位置）　　　　（唸法有差異）

❻ 読書が好きな　学生は　読解問題が得意です。
　（喜歡閱讀的）　　　　　（擅長閱讀測驗）

文型 ————————————

❶ 日語學習者看的…　　　　　　日本語を勉強する人の 名詞 です

❷ 閱讀…之後　　　　　　　　　名詞 を読んだ後

❸ 朗讀…給孩子聽　　　　　　　子供に 名詞 を朗読して聞かせます

❹ 某字的音讀是…　　　　　　　某字 の音読みは 發音 です

❺ …是不一樣的　　　　　　　　名詞 が異なります

❻ 某人擅長…　　　　　　　　　某人 は 名詞 が得意です

てんさい	らくてん	あま　がわ
天才	楽天	天の川

發音＆位置，看清楚弄明白！

てん
天——

○○こう	○○さい	○○き	○○し
天候	天才	天気	天使
（天候）	（天才）	（天氣）	（天使）

○○ねん	○○ごく	○○か	○○のう
天然	天国	天下	天皇
（天然）	（天國）	（天下）	（天皇）

○○じょう
天井
（天花板）

てん
——天

う○○	せい○○	らく○○	かん○○
雨天	晴天	楽天	寒天
（雨天）	（晴天）	（樂天）	（寒天）

ろ○○	えん○○	ぜん○○	こう○○
露天	炎天	全天	後天
（露天）	（大熱天）	（全天）	（後天）

あま
天——

○○　がわ	○○　がわ	○○くだ	○○ぐも
天の川	天の河	天下り	天雲
（銀河）	（銀河）	（下凡、指派）	（雲朵）

○○くだ	○○くだ
天降り	天降る
（下凡、指派）	（從天而降、強迫命令）

從生活學習多音字詞

❶ 遠足遇雨天照常舉行，請帶雨傘來。　　【雨天 / うてん】
❷ 七夕夜，織女牛郎在銀河相見。　　　　【天の川 / あまのがわ】
❸ 12月23日天皇誕辰，日本放假一天。　【天皇 / てんのう】
❹ 爺爺在天國保佑著我們。　　　　　　　【天国 / てんごく】
❺ 和室天花板有天然檜木的橫樑。　　　　【天井 / てんじょう】【天然 / てんねん】
❻ 畢卡索是繪畫天才，個性樂觀開朗。　　【天才 / てんさい】【楽天 / らくてん】

---

❶ えんそく 　　　けっこう 　　　　かさ　も
　遠足は　雨天決行です　から、傘を持ってきてください。
　　　　　（下雨照常舉行）　（因為）　　　（請帶雨傘來）

❷ たなばた　よる 　　　　　　おりひめ　ひこぼし 　　であ
　七夕の夜、天の川で　織姫と彦星が　出会います。
　　　　　　　（在銀河）　（織女與牛郎）　（相見）

❸ じゅうにがつにじゅうさんにち 　　　　たんじょう び　にほん 　しゅくじつ
　１２月 ２３ 日は　天皇誕生日で、日本は　祝日です。
　　　　　　　　　　　　　　　　　　　　　　　（節日）

❹ 　　　　　　　　　　　　　　　　　み まも
　おじいちゃんは　天国で　わたしたちを見守っています。
　（爺爺）　　　　　　　　　（保佑著我們）

❺ わ しつ 　　　　　　　　　　　　　　　はり
　和室の天井　には　天然のヒノキの梁が　あります。
　（和室天花板）　　　（天然檜木的橫樑）　　（有）

❻ 　　　　かい が 　　　　　　　　　せいかく 　　　てき
　ピカソは　絵画の天才ですが、性格は　楽天的です。
　（畢卡索）

文型 —————————

❶ …遇雨照常舉行　　　　　　　名詞 は雨天決行です
❷ 某人與某人相見　　　　　　　某人 と 某人 が出会います
❸ 幾月幾日是節日　　　　　　　日期 は祝日です
❹ 保佑著某人　　　　　　　　　某人 を見守っています
❺ 某個地點有…　　　　　　　　地點 には 名詞 があります
❻ 某人是某方面的天才　　　　　某人 は 名詞 の天才です

"体" 在詞首、詞尾有不同發音

たい かく｜からだ っ｜てい さい
体格｜体付き｜体裁

發音＆位置，看清楚弄明白！

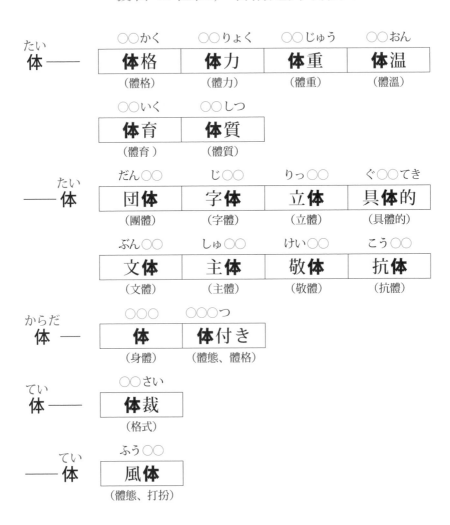

たい
体——

○○かく	○○りょく	○○じゅう	○○おん
体格	**体**力	**体**重	**体**温
（體格）	（體力）	（體重）	（體溫）

○○いく	○○しつ
体育	**体**質
（體育）	（體質）

たい
——体

だん○○	じ○○	りっ○○	ぐ○○てき
団**体**	字**体**	立**体**	具**体**的
（團體）	（字體）	（立體）	（具體的）

ぶん○○	しゅ○○	けい○○	こう○○
文**体**	主**体**	敬**体**	抗**体**
（文體）	（主體）	（敬體）	（抗體）

からだ
体——

○○○	○○○つ
体	**体**付き
（身體）	（體態、體格）

てい
体——

○○さい
体裁
（格式）

てい
——体

ふう○○
風**体**
（體態、打扮）

体

可參照九宮格速記本 P18

040

從生活學習多音字詞

❶ 3D立體電影很有臨場感。　　　　　【立体 / りったい】
❷ 狗伸舌頭調節體溫。　　　　　　　　【体温 / たいおん】
❸ 這種藥可能有體質不適的情況。　　　【体質 / たいしつ】
❹ 媽媽每週去市立體育館游泳。　　　　【体育 / たいいく】
❺ 我男朋友體格強壯，也很有體力。　　【体格 / たいかく】【体力 / たいりょく】
❻ 文件請調整好字體等格式後提交。　　【字体 / じたい】【体裁 / ていさい】

---

❶ 立体の３Ｄ映画 は　迫力 がありました。
（有臨場感、逼真）

❷ 犬は　舌を出して　体温を 調 節します。
（伸出舌頭）

❸ この 薬 は　体質に合わない　場合があります。
（不合體質）　　　　　　　（有…的情況）

❹ 母は 毎 週 、 市立体育館のプールに　通っています。
（市立體育館游泳池）　　　　（定期去…）

❺ わたしの彼は　体格がよくて、体力もあります。
（我男朋友）　　　（體格好）　　　　（也有體力）

❻ 文書は　字体などの　体裁を 整えて　提 出 してください。
（字體等等的）　　（調整格式之後）　　　（請交出…）

文型

❶ …有臨場感、很逼真　　　　　| 名詞 | は迫力がありました
❷ 調節…　　　　　　　　　　　| 名詞 | を調節します
❸ …與體質不合　　　　　　　　| 名詞 | は体質に合わない
❹ 定期去某個地點　　　　　　　| 地點 | に通っています
❺ 某人體格強壯　　　　　　　　| 某人 | は体格がよい
❻ 請調整…之後提交　　　　　　| 名詞 | を整えて提出してください

"通" 在詞首、詞尾有不同發音

つうじょう　かよ　とお　おおどお
通常｜通う｜通る｜大通り

發音 & 位置，看清楚弄明白！

通

可參照九宮格速記本 P19

つう 通——

○○じょう	○○がく	○○やく	○○ちょう
通常	**通学**	**通訳**	**通帳**
（通常）	（上學）	（口譯）	（存摺）

——通 つう

こう○○	きょう○○	りゅう○○	ふ○○
交通	**共通**	**流通**	**普通**
（交通）	（共通）	（流通）	（普通）

かよ 通——

○○	○○	○○ ぶね	○○ じ
通う	**通い**	**通い船**	**通い路**
（流通、往來）	（來往）	（負責聯絡的小船）	（道路）

とお 通——

○○	○○	○○	○○ あめ
通る	**通り**	**通せる**	**通り雨**
（通過、實現）	（大街、通行）	（能夠通過、穿通）	（陣雨）

とお —通—

み○○	み○○	ひと○○
見通し	**見通す**	**一通り**
（眺望、預料）	（眺望）	（大略）

っ 通——

○や
通夜
（靈前守夜）

どお —通—

おお○○
大通り
（大馬路）

從生活學習多音字詞

❶ 請遵守交通規則，注意安全駕駛。　　　【交通 / こうつう】

❷ 口譯相較於筆譯，工時短但收入高。　　【通訳 / つうやく】

❸ 雖然大略看過食譜，但還是做不好。　　【一通り / ひととおり】

❹ 眼力不好，針線穿不過去。　　　　　　【通せません / とおせません】

❺ 所謂的「通學路」就是學生上學經過　　【通学 / つうがく】【通る / とおる】
　的路線。

❻ 普通存款與定期存款的存摺顏色不　　　【普通 / ふつう】【通帳 / つうちょう】
　同。

---

❶ 交通ルールを守って、安全運転を　心がけましょう。
　（遵守交通規則）　　　　　　　　　　　　　　　（注意、留心）

❷ 通訳業は　翻訳業より　短時間ですが、高収入です。
　（口譯工作）　（和筆譯工作相比）

❸ レシピ　を　一通り読みましたが、うまく作れません。
　（食譜）　　　（大略閱讀過食譜，但…）　　　（無法做好）

❹ 目が悪くて、針に　糸を通せません。
　（眼力不好）　　　（線穿不過去，通せる的ます體「通せます」的否定形）

❺ 通学路とは、学生が　学校へ行く時に　通る道です。
　（所謂的通學路）　　　（上學時）　　　　　（經過的路線）

❻ 普通預金　と　定期預金　の　通帳は　色が違います。
　（普通存款）　　（定期存款）　　（存摺）　　（顏色不同）

文型

❶ 遵守…規則　　　　　　　　　名詞 ルールを守ります（守る）

❷ 某工作是高收入　　　　　　　某工作 は高収入です

❸ 大略閱讀過…　　　　　　　　名詞 を一通り読みました

❹ 線無法穿過…　　　　　　　　某物 に系を通せません

❺ 所謂的…就是…　　　　　　　名詞 とは、名詞 です

❻ …與…的顏色不同　　　　　　名詞 と 名詞 は色が違います

"頭" 在詞首、詞尾有不同發音

とう はつ	あたま	ず つう	かしら も じ
頭髪	**頭**	**頭**痛	**頭**文字

發音＆位置，看清楚弄明白！

とう 頭——

○○ぶ	○○ひ	○○はつ	○○すう
頭部	**頭**皮	**頭**髪	**頭**数
（頭部）	（頭皮）	（頭髮）	（動物數量、隻數）

——とう 頭

せん○○	ぼっ○○	ひっ○○	がい○○
先**頭**	没**頭**	筆**頭**	街**頭**
（最前排、排頭）	（全心投入）	（筆尖）	（街頭）

あたま 頭 —

○○○	○○○きん	○○○かず	○○○う
頭	**頭**金	**頭**数	**頭**打ち
（頭、頭腦）	（頭期款）	（人頭數）	（到達極限）

あたま — 頭

いし○○○
石**頭**
（頭腦頑固）

ず 頭——

○のう	○じょう	○つう	○きん
頭脳	**頭**上	**頭**痛	**頭**巾
（頭腦）	（頭上）	（頭痛）	（頭巾）

かしら 頭 —

○○○	○○○もじ
頭	**頭**文字
（頭、頂端）	（英文開頭大寫字母）

——ど 頭

おん○
音**頭**
（帶頭的人）

從生活學習多音字詞

❶ 去年尾牙由部長起頭帶領大家乾杯。 　【音頭 / おんど】

❷ 全心投入研究自己喜歡的事物。 　【没頭 / ぼっとう】

❸ 因為國內市場已飽和，所以開展海外 　【頭打ち / あたまうち】
　市場。

❹ 準備 300 萬日幣作為買房頭期款。 　【頭金 / あたまきん】

❺ 一般來說，頭痛和頭皮狀態沒有關係。 　【頭痛 / ずつう】【頭皮 / とうひ】

❻ 奪冠球隊的教練為前導，在街道遊行。 　【先頭 / せんとう】【街頭 / がいとう】

---

❶ 昨年の忘年会では、部長が　乾杯 の　音頭をとりました。
　（去年的尾牙）　　　　　　　　　　　　（起頭、帶領大家…）

❷ 自分の好きなことに　没頭して　研究 しました。
　（自己喜歡的事物）　　（全心投入）

❸ 国内市場 は　頭打ちですから、海外に　進出 しましょう。
　　　　　　　（因為飽和）　　　　　　　　（開展）

❹ 住宅購入 の　頭金として　３００万円　用意しました。
　　　　　　　（作為頭期款）　　　　　　（準備）

❺ 一般的に、頭痛と　頭皮の 状態は　関係ありません。
　　　　　　　　　　　　　　　　（沒有關係）

❻ 優勝 球団は　監督を先頭に、街頭を　練り歩きました。
　　　　　　　（以教練為前導）　　　　　（遊行）

文型

❶ 某人帶領大家乾杯	某人 が乾杯の音頭をとりました
❷ 對於…全心投入研究	名詞 に没頭して研究しました
❸ …已達飽和	名詞 は頭打ちです
❹ 準備了多少金額	金額 用意しました
❺ …和…沒有關係	名詞 と 名詞 は関係ありません
❻ 在某個地點遊行	地點 を練り歩きました

"女" 在詞首、詞尾有不同發音

じょせい	おんな ず	め がみ	にょう ぼう
女性	**女**好き	**女**神	**女**房

發音 & 位置，看清楚弄明白！

じょ
女──

○せい	○し	○ゆう	○そう
女性	**女**子	**女**優	**女**装
（女性）	（女子）	（女演員）	（女裝）

○おう	○い	○じ	○しょう
女王	**女**医	**女**児	**女**将
（女王）	（女醫生）	（女生）	（老闆娘）

じょ
──**女**

だん○	しょう○	ちょう○	び ○
男**女**	少**女**	長**女**	美**女**
（男女）	（少女）	（長女）	（美女）

おんな
女──

○○○	○○○ごころ	○○○ こ	○○○ず
女	**女**心	**女**の子	**女**好き
（女人）	（女人心）	（女孩）	（喜好女色）

め
女──

○め	○がみ
女々しい	**女**神
（娘娘腔的）	（女神）

め
──**女**

おと○
乙**女**
（少女、處女）

にょう
女 ─

○○ぼう
女房
（老婆、妻子）

從生活學習多音字詞

1. 舉辦男女混合的排球大賽。　　　　　　【男女 / だんじょ】
2. 聽說日本知名的女演員要來台灣。　　　【女優 / じょゆう】
3. 我妹妹非常喜歡看少女漫畫。　　　　　【少女 / しょうじょ】
4. 女生廁所在左手邊走到底。　　　　　　【女子 / じょし】
5. 加藤家的大女兒是絕世美女。　　　　　【長女 / ちょうじょ】【美女 / びじょ】
6. 「魚干女」不太能理解一般女人的心　　【女 / おんな】【女心 / おんなごころ】
   思。

---

1. 男女混合の　バレー大会が開催されます。
   （舉辦排球大賽）

2. 日本の　大物女優が　台湾に来る　そうです。
   　　　（知名女演員）　　　　　　（聽說…）

3. わたしの　妹　は　少女漫画を読むのが　大好きです。
   　　　　　　　　　（看少女漫畫）　　　　（非常喜歡）

4. 女子トイレは　左手の奥にあります。
   （女生廁所）　　（位於左手邊走到底）

5. 加藤さんの家の長女は　絶世の美女です。

6. 干物女は　女心が　あまり理解できません。
   　　　　（女人心思）　　（不太能理解）

文型

1. 舉辦…會議或比賽　　　　　　 會議或比賽 が開催されます
2. 聽說某人要來台灣　　　　　　 某人 が台湾に来るそうです
3. 喜歡閱讀某一類的書籍　　　　 某一類的書籍 を読むのが好きです
4. 某建築物位於某地點　　　　　 某建築 は 地點 にあります
5. 某人是絕世美女　　　　　　　 某人 は絶世の美女です
6. 無法理解…　　　　　　　　　 名詞 が理解できません

ない よう	うち わ	み うち	けい だい
内容	**内**輪	身**内**	境**内**

内

發音＆位置，看清楚弄明白！

ない
内──

○○ぶ	○○よう	○○しょ	○○しん
内部	**内**容	**内**緒	**内**心
（内部）	（内容）	（秘密）	（内心）

○○きん	○○まく	○○かく	○○ぞう
内勤	**内**幕	**内**閣	**内**臓
（辦公室内的工作）	（内幕）	（内閣）	（内臓）

ない
──内

あん○○	こく○○	しゃ○○	い○○
案**内**	国**内**	社**内**	以**内**
（說明、介紹）	（國内）	（公司内部）	（以内）

しつ○○	たい○○	こう○○	てん○○
室**内**	体**内**	口**内**	店**内**
（室内）	（體内）	（口内）	（店内）

うち
内──

○○わ	○○き	○○きん	○○わけ
内輪	**内**気	**内**金	**内**訳
（自己内部、内幕）	（内向）	（訂金）	（明細、清單）

うち
──内

み○○	○○
身**内**	その**内**
（親屬）	（近日内）

だい
内──

○○り
内裏
（日本天皇、皇宮舊稱）

だい
──内

けい○○	う○○
境**内**	宇**内**
（境内）	（整個世界）

從生活學習多音字詞

❶ 沖繩是（日本）國內旅遊中最受歡迎　　【国内 / こくない】
　的景點。

❷ 日本朋友來台，我帶他導覽介紹台北。　【案内 / あんない】

❸ 讓女兒一個人單獨旅行，內心不安。　　【内心 / ないしん】

❹ 因駭客入侵，導致公司內部資料外洩。　【内部 / ないぶ】

❺ 因為是家人的事，請永遠保守祕密。　　【身内 / みうち】【内緒 / ないしょ】

❻ 公司的預算明細只有內部人員知道。　　【内訳 / うちわけ】【内部 / ないぶ】

---

❶ 沖縄は　国内旅行で　いちばん人気がある　スポットです。
　（最受歡迎）　　　　　　　　（地點、場所）

❷ 日本の友達が来た　ので、台北を観光案内しました。
　（日本朋友來）　（因為…）　　　（導覽、介紹台北）

❸ 娘が　一人で旅行に　行かせる　のは、内心、不安です。
　（女兒）　（一人單獨旅行）　（讓某人去…）

❹ ハッカーのせいで　会社の　内部情報が漏れました。
　（因為駭客）　　　　　　　　（内部資料外洩）

❺ 身内の話ですから、内緒にしておいてください。
　（因為是家人的事情）　　　　（請永遠保守祕密）

❻ 会社の　予算の内訳は　内部の人　しか知りません。
　（預算明細）　　　　　　（只有…知道）

文型

❶ 是最受歡迎的…　　　　　　いちばん人気がある　名詞　です

❷ 導覽、介紹了某個地方　　　地點　を観光案内しました

❸ 讓某人去旅行　　　　　　　某人　が旅行に行かせます（行かせる）

❹ 由於…的原因（才會造成不好的結果）　名詞　のせいで

❺ 因為是某人的事　　　　　　某人　の話ですから

❻ 只有某人知道　　　　　　　某人　しか知りません

<table>
<tr><td>だん し
男子</td><td>おとこ ゆ
男湯</td><td>ちょう なん
長男</td></tr>
</table>

發音＆位置，看清楚弄明白！

だん
男——

○○じょ	○○せい	○○し	○○ゆう
男女	男性	男子	男優
（男女）	（男性）	（男子）	（男演員）

○○じ	○○しゃく	○○そう	○○こん
男児	男爵	男装	男根
（男生）	（男爵）	（男裝）	（陰莖）

おとこ
男——

○○○	○○○ ひと	○○○ こ	○○○まえ
男	男の人	男の子	男前
（男人）	（男人）	（男孩）	（美男子）

○○○ゆ
男湯
（男浴池）

おとこ
——男

おお○○○	ひと ○○○	やま○○○	いろ○○○
大男	独り男	山男	色男
（彪形大漢）	（單身漢）	（山裡妖怪）	（美男子、情夫、 好色的男人）

さく○○○	やさ○○○
作男	優男
（長工）	（溫柔的男子）

なん
——男

ちょう○○	いち○○	じ○○	さん○○
長男	一男	次男	三男
（長男）	（一個男生）	（二兒子）	（三兒子）

從生活學習多音字詞

❶ 已經開始販售男性專用化妝品。　　　　【男性 / だんせい】
❷ 爸爸一個男人，獨自將我們扶養長大。　【男 / おとこ】
❸ 我高中時就讀男校。　　　　　　　　　【男子 / だんし】
❹ 有個可疑的男人站在家門外。　　　　　【男の人 / おとこのひと】
❺ 大兒子與三兒子目前在美國留學。　　　【長男 / ちょうなん】【三男 / さんなん】
❻ 參加這個節目的男演員都是帥哥。　　　【男優 / だんゆう】【男前 / おとこまえ】

---

❶ 男性専用の　化粧品が　発売されました。
（せんよう）（けしょうひん）　（はつばい）
　　　　　　　　　　　　　　（被販售）

❷ 父は　男一人で　わたしたちを育てました。
（ちち）（ひとり）　　　　　　　（そだ）
　　　　　　　　（扶養、養育我們）

❸ わたしは　高校のとき、男子校に通っていました。
　　　　　（こうこう）　　（こう）（かよ）
　　　　　　（高中時）　　　　（以前就讀男校）

❹ 家の外に　怪しい男の人　が　立っています。
（いえ）（そと）（あや）　　　　（た）
　　　　　　（可疑的男人）　　　　（站著）

❺ 長男と　三男は　アメリカに　留学しています。
　　　　　　　　　　　　　　（りゅうがく）
　　　　　　　　　　　（目前在美國留學）

❻ この番組に　出演している　男優は、みんな　男前です。
（ばんぐみ）（しゅつえん）
（這個節目）（參與演出的）　（男演員）（大家）（帥哥）

文型

❶ …已經開始販售　　　　　　　[名詞] が発売されました
❷ 扶養某人長大　　　　　　　　[某人] を育てました
❸ 我以前就讀…樣的學校　　　　わたしは [...校] に通っていました
❹ 某人站在某處　　　　　　　　[地點] に [某人] が立っています
❺ 目前在某一個國家留學　　　　[國家名] に留学しています
❻ 某人是帥哥　　　　　　　　　[某人] は男前です

"納" 在詞首、詞尾有不同發音

のうぜい	おさ	なっとう	なんど
納税	**納**める	**納**豆	**納**戸

發音＆位置，看清楚弄明白！

のう 納——

○○りょう	○○ぜい	○○ふ	○○き
納涼	**納**税	**納**付	**納**期
（乘涼）	（納税）	（繳納）	（交貨付款期限）

——納 のう

しゅう○○	ほう○○	ゆい○○	たい○○
収**納**	奉**納**	結**納**	滞**納**
（收納）	（供奉）	（訂婚聘禮）	（逾期未繳）

か○○	えん○○	ぶん○○	み○○
仮**納**	延**納**	分**納**	未**納**
（存款）	（逾期繳納）	（分期繳納）	（未交）

おさ 納——

○○	○○	○○
納める	**納**まる	**納**まり
（交納、收下）	（收進、繳納）	（解決）

なっ 納——

○○とう	○○とく
納豆	**納**得
（納豆）	（理解、認可）

な 納——

○や
納屋
（倉庫）

なん 納——

○○ど
納戸
（儲藏室）

從生活學習多音字詞

❶ 他的手機通話費已經兩個月逾期未繳。　【滯納 / たいのう】
❷ 如果放入透明收納盒，就很方便。　【収納 / しゅうのう】
❸ 請在市公所的納税窗口繳納税金。　【納税 / のうぜい】
❹ 朋友和男朋友訂婚後，交換訂婚聘禮。　【結納 / ゆいのう】
❺ 平常不用的東西收納在儲藏室。　【納戸 / なんど】【収納 / しゅうのう】
❻ 他拖欠房租的理由讓人無法理解。　【滯納 / たいのう】【納得 / なっとく】

---

❶ 彼は　２ヶ月間、携帯料金　を　滞納しています。
　　　　　　　　　　（手機通話費）　　（目前逾期未繳）

❷ 透明の収納ケースに　入れれば、便利ですね。
　　　　（透明收納盒）　　（如果放入…）

❸ 市役所の納税窓口で　税金を払って　ください。
　（在市公所的繳税窗口）　（繳納税金）　　（請做…）

❹ 友達は　彼氏と婚約した後、結納を済ませました。
　　　　（和男朋友訂婚之後）　　　（交換訂婚聘禮）

❺ 普段使わない物は　納戸の中に　収納しています。
　（平常不用的東西）　（儲藏室裡）　　（收納著）

❻ 彼が　家賃を滞納している　理由は　納得できません。
　　　　（沒有繳房租）　　　　　　　（無法理解）

文型

❶ 逾期未繳…費用　　　　　　　|…料金| を滞納しています
❷ 如果放入…內　　　　　　　　|名詞| に入れれば
❸ 請在某處繳納…費用　　　　　|地點| で |費用| を払ってください
❹ 與某人訂婚　　　　　　　　　|某人| と婚約した
❺ 某物收納在某處　　　　　　　|某物| は |某個地方| に収納しています
❻ 無法理解…　　　　　　　　　|名詞| は納得できません

"難" 在詞首、詞尾有不同發音

なん もん | がた | むずか
難問 | **難い** | **難しい**

發音 & 位置，看清楚弄明白！

なん 難 ——

○○もん	○○かん	○○しょく	○○ざん
難問	**難関**	**難色**	**難産**
(難題)	(難關)	(不認同)	(難產)

○○きつ	○○ぎ	○○びょう	○○ば
難詰	**難儀**	**難病**	**難波**
(責難)	(困難、麻煩)	(難治之症)	(大阪地名)

—— なん 難

ひ○○	ひ○○	さい○○	そう○○
非難	**避難**	**災難**	**遭難**
(責備)	(避難)	(災難)	(遇難)

こん○○	とう○○	ぶ○○	ひ○○
困難	**盗難**	**無難**	**批難**
(困難)	(失竊)	(安全)	(責備、譴責)

かん○○	じゅう○○	ばん○○	く○○
患難	**殉難**	**万難**	**苦難**
(患難)	(殉難)	(萬難)	(苦難)

がた 難 ——

○○	あ ○○
難い	**有り難い**
(難於…)	(少有的、感激的)

むずか 難 ——

○○○	○○○ や
難しい	**難し屋**
(困難的)	(愛挑剔的人)

從生活學習多音字詞

❶ 住宿旅館時，一定要確認逃生路線。　　【避難 / ひなん】

❷ 東京大學是全日本最難進入就讀的大　　【最難関 / さいなんかん】
　 學。

❸ 竊盜事件頻繁，請小心注意。　　　　　【盜難 / とうなん】

❹ 登山而在山裡遇難的人很多。　　　　　【遭難 / そうなん】

❺ 他的話太深奧，難以理解。　　　　　　【難しい / むずかしい】
　　　　　　　　　　　　　　　　　　　【難い / がたい】

❻ 我覺得不要選困難的問題比較安全。　　【難問 / なんもん】【無難 / ぶなん】

---

❶ ホテルに泊まるとき、必ず　避難経路を確認します。
　　（住宿旅館時）　　　（一定）　　　　　（確認逃生路線）

❷ 東京大学は　日本で　最難関の大学です。
　　　　　　　　　　　　（最難進入就讀的大學）

❸ 盗難事故が多い　ですから、注意してください。
　　（竊盜事件多）　　（因為）　　　　（請注意）

❹ 登山に行って、山で　遭難する　人が　多いです。
　　（去登山）　　　　　（遇難）

❺ 彼が言うこと　は　難しくて、理解し難いです。
　　（他說的話）　　　（很難，難しい的て形）　（很難理解）

❻ 難問を選ばない　ほうが、　無難だと思います。
　　（不選困難的問題）　（…是比較…樣的）　（我認為安全）

文型

❶ 一定要確認…　　　　　　　　　　必ず 名詞 を確認します

❷ 在日本是…樣的大學　　　　　　　日本で 名詞 の大学です

❸ 因為…頻繁，請小心注意　　　　　名詞 が多いから、注意してください

❹ 在某處遇難　　　　　　　　　　　地點 で遭難します（遭難する）

❺ 很難理解…　　　　　　　　　　　名詞 は理解し難いです

❻ 不要…比較安全　　　　　　　　　動詞否定形 ない ほうが、無難です（無難だ）

"立" 在詞首、詞尾有不同發音

りつ あん	りっ ぽう	た	やく だ
立案	立法	立つ	役立つ

發音 & 位置，看清楚弄明白！

りつ 立——	○○あん	○○ろん	○○ぞう	
	立案	立論	立像	
	（制定）	（立論、論證）	（站立的姿態）	

——立 りつ	たい○○	ちゅう○○	どく○○	こく○○
	対立	中立	独立	国立
	（對立）	（中立）	（獨立）	（國立）

りっ 立——	○○ち	○○ぽう	○○たい	○○ぱ
	立地	立法	立体	立派
	（布局、地點）	（立法）	（立體）	（華麗的、了不起）

た 立——	○	○い	○ば	く○
	立つ	立ち入り	立ち場	組み立て
	（立、起）	（進入）	（立場）	（組織、裝配）

だ —立—	やく○	さき○	やく○	うで○
	役立つ	先立つ	役立てる	腕立て
	（有益）	（領先）	（助益）	（展現腕力）

りゅう 立—	○○つぼ	○○きち
	立坪	立吉
	（土地單位）	（人名）

りゅう —立	こん○○
	建立
	（建立）

從生活學習多音字詞

❶ 這筆捐款請用於幫助設立社會團體。　　　【役立てる / やくだてる】
❷ 早稻田大學不是國立大學。　　　　　　　【国立 / こくりつ】
❸ 大學畢業後，我希望經濟獨立自主。　　　【独立 / どくりつ】
❹ 前方禁止進入。　　　　　　　　　　　　【立ち入り / たちいり】
❺ 父母吵架，但我保持中立的立場。　　　　【中立 / ちゅうりつ】【立ち場 / たちば】
❻ 我認為制定這項計畫的研究者很了不　　　【立案 / りつあん】【立派 / りっぱ】
　起。

---

❶ この寄付金を　社会団体設立に役立てて　ください。
　（這筆捐款）　（幫助設立社會團體，役立てて是「役立てる」的て形）（請…）

❷ 早稲田大学は　国立大学　ではありません。
　　　　　　　　　　　　　　（不是…）

❸ 大学を卒業したら、経済的に　独立したいです。
　（大學畢業之後）　　　　　　　　（想要獨立）

❹ この先は、　立ち入り　禁止です。
　（前方）　　（進入）

❺ 父と母は　けんかをしますが、　私は中立の立ち場です。
　　　　　（雖然吵架）

❻ この計画を立案した　研究者は　立派だと思います。
　（制定這項計畫的）　　　　　（我認為了不起）

文型

❶ 請用來幫助…　　　　　　　　名詞 に役立ててください
❷ 某學校不是國立大學　　　　　學校名 は国立大学ではありません
❸ 在…方面希望獨立自主　　　　名詞 に独立したいです
❹ 某處禁止進入　　　　　　　　地點 は、立ち入り禁止です
❺ 某人與某人吵架　　　　　　　某人 と 某人 はけんかをします
❻ 我認為某人很了不起　　　　　某人 は立派だと思います

"来" 在詞首、詞尾有不同發音

<table>
<tr><td>らいにち
来日</td><td>きて
来手</td><td>きた
来す</td><td>く
来る</td></tr>
</table>

發音 & 位置，看清楚弄明白！

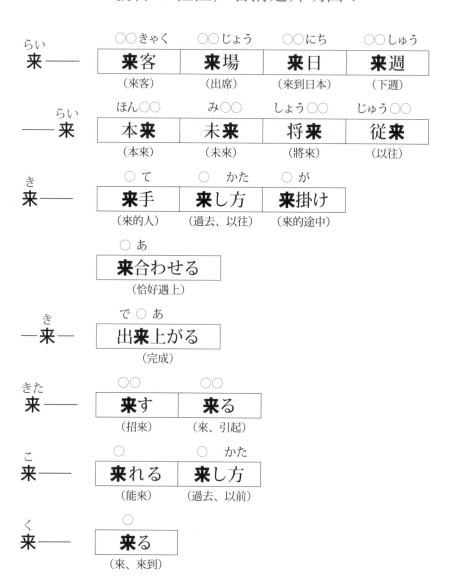

らい 来──	○○きゃく **来客** （來客）	○○じょう **来場** （出席）	○○にち **来日** （來到日本）	○○しゅう **来週** （下週）

| ──来 | ほん○○
本来
（本來） | み○○
未来
（未來） | しょう○○
将来
（將來） | じゅう○○
従来
（以往） |
| らい | | | | |

き 来──	○ て **来手** （來的人）	○ かた **来し方** （過去、以往）	○ が **来掛け** （來的途中）

○ あ
来合わせる
（恰好遇上）

で ○ あ
─来─ **出来上がる**
き
（完成）

きた 来──	○○ **来す** （招來）	○○ **来る** （來、引起）

こ 来──	○ **来れる** （能來）	○ かた **来し方** （過去、以前）

く
来── ○
来る
（來、來到）

從生活學習多音字詞

❶ 我將來的夢想是當護士。　　　　　　　【将来 / しょうらい】
❷ 聖誕節蛋糕完成了。　　　　　　　　　【出来上がる / できあがる】
❸ 明天在台中有場會議，你能來嗎？　　　【来れる / これる】
❹ iPad 與以往的筆記型電腦完全不同。　　【従来 / じゅうらい】
❺ 哆啦A夢是從未來世界來的。　　　　　　【未来 / みらい】【来る / くる】
❻ 即將到來的19號，Lady Gaga要來日　　【来る / きたる】【来日 / らいにち】
　　本。

---

❶ 将来の夢は　看護士になる　ことです。
　　ゆめ　　　かんごし
　　　　　　　（當護士）　　（…的事情）

❷ クリスマスケーキ　が　出来上がりました。
　　（聖誕節蛋糕）　　　（完成了，出来上がる的ます體「出来上がります」的過去式）

❸ 明日、台中で　会議があります　が、来れますか。
　　あした　たいちゅう　かいぎ
　　　　　　　　　（有會議）　　　　（能來嗎・来れる的ます體）

❹ iPadは　従来のパソコンとは　まったく違います。
　　アイパッド　　　　　　　　　　　　　　　ちが
　　　　　　（和以前的筆記型電腦）　　　（完全不同）

❺ ドラえもんは　未来から　来ました。
　　　　　　　　　　　　　　　き
　　（哆啦A夢）　（從未來）　（来る的ます體「来ます」的過去式）

❻ 来る19日、レディーガガが来日します。
　　　　じゅうくにち
　　（即將到來的19號）　　（Lady Gaga 要來日本）

文型

❶ 夢想是成為…　　　　　　夢は　職業名、名詞　になることです
❷ 完成了…　　　　　　　　名詞　が出来上がりました
❸ 在某個地點要舉行會議　　地點　で会議があります
❹ 和…完全不同　　　　　　名詞　とはまったく違います
❺ 來自於…　　　　　　　　名詞　から来ました
❻ 某人要來日本　　　　　　某人　が来日します

"冷" 在詞首、詞尾有不同發音

れいとう | **ひ**あせ | **さ** | **つめ**
冷凍 | 冷や汗 | 冷める | 冷たい

發音 & 位置，看清楚弄明白！

れい
冷——

○○とう	○○せい	○○ぞうこ	○○ぼう
冷凍	冷静	冷蔵庫	冷房
(冷凍)	(冷靜)	(冰箱)	(冷氣)

○○たん	○○せん	○○けつ	○○しょう
冷淡	冷泉	冷血	冷笑
(冷淡)	(冷泉)	(冷血)	(冷笑)

れい
——冷

かん○○	くう○○	ほ○○	しゅう○○
寒冷	空冷	保冷	秋冷
(寒冷)	(空氣冷卻)	(保持低溫)	(秋天的寒意)

ひ
冷——

○	○ あせ	○	○
冷やす	冷や汗	冷やかす	お冷や
(使冷卻、使冷靜)	(嘲弄)	(使冷卻、嘲弄)	(冷水)

○	○	○ みず	○ ざけ
冷える	冷やかし	冷や水	冷や酒
(變冷、變涼)	(冷)	(冷水)	(冷酒)

さ
冷——

○	○
冷める	冷ます
(冷、涼)	(冷卻、降低)

つめ
冷——

○○
冷たい
(冷淡的、涼的)

從生活學習多音字詞

❶ 最近的冷凍食品種類很多。　　　　　【冷凍 / れいとう】
❷ 考試時要靜下心，冷靜思考。　　　　【冷靜 / れいせい】
❸ 茶很燙，請冷卻再喝。　　　　　　　【冷ます/ さます】
❹ 我喝醉了，請給我一杯冷水。　　　　【お冷や / おひや】
❺ 牛奶請放冰箱冷藏。　　　　　　　　【冷蔵庫 / れいぞうこ】
　　　　　　　　　　　　　　　　　　【冷やす / ひやす】
❻ 因為他態度冷淡所以戀情降溫。　　　【冷たい / つめたい】【冷める / さめる】

---

❶ 最近の冷凍食品は　種類が　たくさんあります。
　さいきん　　しょくひん　　しゅるい　　　　　（有很多）

❷ 試験のときは、落ち着いて、冷静に　考えましょう。
　しけん　　　　　　お　つ　　　　　　　　　かんが
　（考試時）　　　　（沉著）　　　　　　　（思考）

❸ お茶は熱いです　から、　冷まして飲んで　ください。
　ちゃ　あつ　　　　　　　　　　　　　　の
　　　　　　　　　　（因為）（冷卻後再喝，冷まして是「冷ます」的て形）（請做…）

❹ お酒で酔いました　から、お冷やを　一杯ください。
　さけ　よ　　　　　　　　　　　　　　いっぱい
　（喝醉）　　　　　（因為）　　（冷水）　　（請給我一杯）

❺ 牛乳は　冷蔵庫で　冷やしてください。
　ぎゅうにゅう　　（在冰箱）　（請冷藏，冷やして是「冷やす」的て形）

❻ 彼の　冷たい態度で、恋は　冷めてしまいました。
　かれ　　　　　たいど　こい
　　　　（因為冷淡的態度）　　（降溫了，冷めて是「冷める」的て形）

文型

❶ …的種類很多　　　　　　　　 某物 は種類がたくさんあります
❷ …的時候要冷靜思考　　　　　 名詞 のときは、冷静に考えましょう
❸ 某種飲料很燙　　　　　　　　 飲料名 は熱いです
❹ 請給我一杯…　　　　　　　　 飲料名 を一杯ください
❺ …請記得冷藏　　　　　　　　 某物 は冷やしてください
❻ 感情降溫了　　　　　　　　　 情感 は冷めてしまいました

"流" 在詞首、詞尾有不同發音

りゅうこう	なが	るろう
流行	流れる	流浪

發音＆位置，看清楚弄明白！

りゅう 流 —

○○こう	○○せい	○○ざん	○○つう
流行	流星	流産	流通
（流行）	（流星）	（流産）	（流通）

○○かん	○○りょう	○○にゅう	○○ぎ
流感	流量	流入	流儀
（流感）	（流量）	（流入）	（做法、作風）

りゅう — 流

こう○○	ふう○○	さん○○	かん○○
交流	風流	三流	寒流
（交流）	（風流）	（三流）	（寒流）

きゃく○○	ひょう○○	か○○	きゅう○○
逆流	漂流	下流	急流
（逆流）	（漂流）	（下游）	（急流）

なが 流──

○○	○○	○○	○○
流れる	流れ	流す	流し
（流、逝去）	（流、水流）	（使流動）	（流、沖）

る 流──

○てん	○ふ	○ざい	○ろう
流転	流布	流罪	流浪
（變遷）	（流傳）	（流放）	（流浪）

特殊發音

はや
流行り
（流行）

從生活學習多音字詞

❶ 今年流行的顏色是紫色。　　　　　　　【流行 / りゅうこう】
❷ 我的朋友對國際交流很有興趣。　　　　【交流 / こうりゅう】
❸ 聽說今晚東邊天空能看見流星群。　　　【流星 / りゅうせい】
❹ 烹調時，油請不要流入排水口。　　　　【流す / ながす】
❺ 流行的鞋款銷售一空，市面上沒有流　【流行り / はやり】【流通 / りゅうつう】
　通（無法購得）。
❻ 謠言流傳她流產。　　　　　　　　　　【流産 / りゅうざん】【流布 / るふ】

---

❶ 今年 の　流行カラーは　紫色です。
　　　　　　　（流行色）

❷ わたしの友達は　国際交流に　興味があります。
　　　　　　　　　　　　　　　（有興趣）

❸ 今夜は　東の空で　流星群が見える　そうです。
　　　　　　　　　　（能看見流星群）　　（聽說…）

❹ 料理する時、油を　排水口に流さないで　ください。
　　　　　　　　　　（不要流入排水口，流さない是「流す」的否定形）　（請…）

❺ 流行りの靴は　売り切れて、市場に　流通していません。
　（流行的鞋款）　　（賣光）　　　　　　　　（沒有流通）

❻ 彼女が　流産した　という　うわさ　が　流布しています。
　（…這樣的）　（謠言）　　　　　（正流傳著…）

文型

❶ 流行的顏色是…顏色　　　　　流行カラーは　顏色　です
❷ 對…有興趣　　　　　　　　　名詞　に興味があります
❸ 聽說能看見…　　　　　　　　名詞　が見えるそうです
❹ 請不要做…　　　　　　　　　動詞否定形ない　でください
❺ …沒有流通，無法購得　　　　名詞　は市場に流通していません
❻ 某人流產了　　　　　　　　　某人　が流産しました（流産した）

がくだん	らくてん	たの	がっき
楽団	楽天	楽しい	楽器

發音 & 位置，看清楚弄明白！

がく
楽——

○○たい	○○ふ	○○げき	○○だん
楽隊	楽譜	楽劇	楽団
（樂隊）	（樂譜）	（歌劇）	（樂團）

がく
——楽

のう○○	よう○○	げん○○	おん○○
能楽	洋楽	弦楽	音楽
（日本古代音樂）	（西洋樂）	（弦樂）	（音樂）

らく
楽——

○○てん	○○えん	○○しょう
楽天	楽園	楽勝
（樂天）	（樂園）	（輕鬆獲勝）

らく
——楽

ごく○○	き○○	ご○○	かい○○
極楽	気楽	娯楽	快楽
（天堂）	（輕鬆、無憂慮）	（娛樂）	（快樂）

たの
楽——

○○	○○	○○	○○
楽しい	楽しさ	楽しむ	楽しみ
（快樂的）	（愉快）	（享受、期待）	（愉快、興趣）

がっ
楽——

○○き	○○きょく
楽器	楽曲
（樂器）	（樂曲）

らっ
楽——

○○かん
楽観
（樂觀）

從生活學習多音字詞

❶ 他很樂天，不開心的事會馬上忘記。　　【楽天 / らくてん】
❷ 悲傷的時候，就說點愉快的事吧。　　　【楽しい / たのしい】
❸ 我完全看不懂樂譜。　　　　　　　　　【楽譜 / がくふ】
❹ 小提琴是最小的弦樂器。　　　　　　　【弦楽器 / げんがっき】
❺ 能樂好像很難，但請放鬆享受。　　　　【能楽 / のうがく】【気楽 / きらく】
　　　　　　　　　　　　　　　　　　　【楽しむ / たのしむ】
❻ 音樂之中，我常聽西洋音樂。　　　　　【音楽 / おんがく】【洋楽 / ようがく】

---

❶ 彼は　楽天的で、嫌なことは　すぐ　忘れます。
　　　　　　　　（討厭的事）　　　（馬上忘記）

❷ 悲しいときは、楽しい　話　をしましょう。
　　（悲傷時）　　　　（說愉快的事情吧）

❸ わたしは　楽譜が　まったく読めません。
　　　　　　　　　　　（完全看不懂）

❹ バイオリンは　いちばん小さな　弦楽器です。
　　（小提琴）　　　　（最小的）

❺ 能楽は　難しそうです　が、気楽に　楽しんでください。
　　（好像很難）　　　　（輕鬆地）　（請享受，楽しんで是「楽しむ」的て形）

❻ わたしは　音楽の中で、洋楽を　よく　聞きます。
　　　　　　　　　　　　　　　（時常）　（聆聽）

文型

❶ 馬上做…　　　　　　　　　　すぐ　動詞
❷ 說點…樣的事吧　　　　　　　い形容詞　話をしましょう
❸ 看不懂…　　　　　　　　　　名詞　が読めません
❹ 是最小的…　　　　　　　　　いちばん小さな　名詞　です
❺ …好像很難　　　　　　　　　名詞　は難しそうです
❻ 我時常聆聽…　　　　　　　　わたしは　名詞　をよく聞きます

"過" 在詞首、詞尾有不同發音

かてい | す | あやま
過程 | 過ぎる | 過ち

發音＆位置，看清楚弄明白！

か—— 過

○だい	○てい	○げき	○こ
過大	過程	過激	過去
（過大）	（過程）	（激進）	（過去）

○ど	○しつ	○ごん	○じょう
過度	過失	過言	過剰
（過度）	（過失）	（過分、誇大其詞）	（過剰）

○びん	○てい	○じつ
過敏	過程	過日
（過敏）	（過程）	（前幾天）

——過 か

つう○	かん○	けい○	ちょう○
通過	看過	経過	超過
（通過）	（忽略、漏看）	（經過）	（超過）

過—— す

○	○
過ぎる	過ごし
（經過、過度）	（度過、生活）

—過— す

ひる○
昼過ぎ
（午後）

過— あやま

○○○	○○○
過ち	過つ
（錯誤、犯錯）	（犯錯）

從生活學習多音字詞

① 因為今天休假，所以我一直睡到中午　【昼過ぎ / ひるすぎ】
　過後。

② 從他進廁所，已經經過 15 分鐘。　　【経過 / けいか】

③ 現在我已經通過捷運台北車站。　　　【通過 / つうか】

④ 天氣轉涼了，您最近生活過得如何？　【過ごし / すごし】

⑤ 我不想重複過去的錯誤。　　　　　　【過去 / かこ】【過ち / あやまち】

⑥ 超過時間，請支付超過時間的費用。　【過ぎる / すぎる】【超過 / ちょうか】

---

① 今日は　休みですので、昼過ぎまで　寝ていました。
　きょう　　やす　　　　　　　　　　　　　　ね
　（因為休假）　　　（直到中午過後）　　　（一直在睡覺）

② 彼が　トイレに行って、もう　１５分が　経過しました。
　かれ　　　　　　い　　　　　　じゅうごふん
　　（去廁所）　　（已經）

③ 今、地下鉄の台北駅 を 通過しました。
　いま　ちかてつ　たいぺいえき
　（現在）　（捷運台北車站）

④ 寒くなりました が、いかがお過ごしですか。
　さむ
　　　（變冷）　　　　　　　（生活過得如何呢）

⑤ 過去の過ちは　繰り返したくありません。
　　　　　　　　　く　かえ
　（過去的錯誤）　　　（不想重複）

⑥ 時間が過ぎました から、超過 料金 を 払ってください。
　じかん　　　　　　　　　　　りょうきん　　　　はら
　（超過了時間，過ぎる 的ます體　（因為）　（超時費用）　　　（請支付）
　「過ぎます」的過去式）

文型

① 某一天是休假	某一天、幾月幾日 は休みです
② 已經過了多久時間	もう 時間 が経過しました
③ 經過了某處	地點 を通過しました
④ 已經變得…	い形容詞字尾い 變成く なりました
⑤ 過去的…	過去の 名詞
⑥ 請支付…費用	…料金 を払ってください

"口"在詞首、詞尾有不同發音

こう　ざ	くち　べに	で　ぐち	く　ぜつ
口座	**口**紅	出**口**	**口**舌

發音 & 位置，看清楚弄明白！

こう	○○がい	○○ざ	○○じつ	○○とう
口──	**口**外	**口**座	**口**実	**口**頭
	（洩漏）	（戶頭）	（藉口）	（口頭）

	り○○	へい○○	か○○	じん○○
──**口** こう	利**口**	閉**口**	河**口**	人**口**
	（能言善道）	（惹惱、閉口不提）	（河口）	（人口）

くち	○○べに	○○ぐせ	○○ごた	○○げんか
口──	**口**紅	**口**癖	**口**答え	**口**喧嘩
	（口紅）	（口頭禪）	（頂嘴）	（爭吵）

	はや○○	あま○○	から○○	ひと○○
──**口** くち	早**口**	甘**口**	辛**口**	一**口**
	（說話快）	（甜、甜言蜜語）	（辣、口味烈）	（一口）

	まど○○	じゃ○○	で○○	いり○○
──**口** ぐち	窓**口**	蛇**口**	出**口**	入**口**
	（窗口）	（水龍頭）	（出口）	（入口）

く	○ど	○ちょう	○でん	○ぜつ
口──	**口**説く	**口**調	**口**伝	**口**舌
	（勸說、說服）	（音調、腔調）	（口授）	（口舌）

	あっ○			
──**口** く	悪**口**			
	（出言中傷他人）			

從生活學習多音字詞

❶ 我想要不掉色的口紅，哪一種好？ 【口紅 / くちべに】

❷ 因為早上總是沒時間，所以麵包只吃一口。 【一口 / ひとくち】

❸ 因為東京車站出口很多，所以迷路了。 【出口 / でぐち】

❹ 我喜歡口味偏甜的日本酒，以及口味偏烈的洋酒。 【甘口 / あまくち】【辛口 / からくち】

❺ 說服女人時，說話別太快比較好。 【口説く / くどく】【早口 / はやくち】

❻ 到銀行櫃台就能開設帳戶。 【窓口 / まどぐち】【口座 / こうざ】

---

❶ 色が落ちない　口紅が欲しいのです が、何がいいですか。
　（不掉色的）　　　（想要口紅）　　　　　（哪一種好）

❷ 朝は　いつも時間が無い　ので、パンを　一口だけ食べます。
　　　　（總是沒時間）　　（因為）　（麵包）　　（只吃一口）

❸ 東京駅は　出口がたくさんある　ので、迷子になりました。
　　　　　（有很多出口）　　　　（因為）　　（迷路了）

❹ 私は、日本酒は甘口、ワインは辛口が　好きです。
　　　　　（甜的日本酒）　　（烈的洋酒）　　　（喜歡）

❺ 女性を口説くとき、早口で話さない　ほうがいいです。
　（說服女人時）　　　（不要說話快）　　　　（…比較好）

❻ 銀行の窓口に行けば、　口座を開設することが　できます。
　（如果到銀行窗口、櫃台）　　（開帳戶）　　　　　（能夠）

文型

❶ 想要…	名詞 が欲しいです
❷ 只吃一口…	食物 を一口だけ食べます
❸ 有很多…	動詞原形 がたくさんあります（ある）
❹ 我喜歡…	私は 名詞 が好きです
❺ 不要做…比較好	動詞否定形 ない ほうがいいです
❻ 到某個地點的話，就能…	地點 に行けば、 動詞原形 ことができます

"空" 在詞首、詞尾有不同發音

くうこう	からて	そらまめ	あ
空港	**空手**	**空豆**	**空く**

發音＆位置，看清楚弄明白！

くう ——空

○○こう	○○かん	○○き	○○しつ
空港	**空間**	**空気**	**空室**
（機場）	（空間）	（空氣）	（空屋）

○○びん	○○ち	○○せき	○○ちゅう
空便	**空地**	**空席**	**空中**
（航空信件）	（空地）	（空位）	（空中）

——空 くう

こう○○	じょう○○	てん○○
航空	**上空**	**天空**
（航空）	（上空）	（天空）

から 空 ——

○○	○○ぶ	○○まわ	○○て
空っぽ	**空振り**	**空回り**	**空手**
（空空的）	（揮棒落空）	（空轉）	（空手道）

○○	○○い	○○げんき
空	**空炒り**	**空元気**
（空的、假）	（乾炒）	（虛張聲勢）

そら 空 ——

○○	○○いろ	○○まめ	○○なき
空	**空色**	**空豆**	**空泣**
（天空）	（天空、天氣）	（蠶豆）	（假哭）

あ 空 ——

○	○	○ち	○や
空く	**空ける**	**空き地**	**空き家**
（空出來）	（空出）	（空地）	（空屋）

そら ——空

あお○○	おお○○
青空	**大空**
（藍天）	（天空）

從生活學習多音字詞

① 台灣機車多，空氣品質很差。　　　　　【空気 / くうき】

② 今天藍天萬里，天氣很好。　　　　　　【青空 / あおぞら】

③ 我想使用這個瓶子，請將裡頭清空。　　【空ける / あける】

④ 和菓子吃光了，盒子裡空空如也。　　　【空っぽ / からっぽ】

⑤ 國際機場裡聚集了各國的航空公司。　　【空港 / くうこう】【航空 / こうくう】

⑥ 那位選手揮棒落空遭三振出局，白費　　【空回り / からまわり】
　力氣。　　　　　　　　　　　　　　【空振り / からぶり】

---

① 台湾は　バイクが多いですから、空気　が　とても悪いです。
　（因為機車很多）　　　　　　　　　　　　（非常差）

② 今日は　青空が　広がって、とてもいい　天気です。
　　　　（藍天）　（寬廣）　　　（非常好）

③ このビンを使いたい　ので、中身を　　空けてください。
　（想使用這個瓶子）　（因為）　　　（請清空，空けて是「空ける」的て形）

④ そのお菓子は　全部　食べました　から、箱の中は　空っぽです。
　　　　　　　　　　　　　　　　（因為）　　　　　（空空的）

⑤ 国際空港には　世界 中 の 航空会社が　集まっています。
　（國際機場裡）　　　　　　　　　　　　（聚集著）

⑥ あの選手は　気合い　が　空回りして、空振り　三振しました。
　　　　　　（精力）　　（空轉、浪費）　（揮棒落空）

文型

① 台灣有很多…　　　　　　　台湾は　某物　が多いです
② 今天天氣…　　　　　　　　今日は　い形容詞　天気です
③ 請清空…　　　　　　　　　名詞　を空けてください
④ …之中什麼都沒有　　　　　名詞　の中は空っぽです
⑤ 某處聚集著…　　　　　　　地點　には　名詞　が集まっています
⑥ 某人遭三振出局　　　　　　某人　は、三振しました

"合" 在詞首、詞尾有不同發音

がっそう｜ごうけい｜あいず｜あ
合奏｜**合**計｜**合**図｜**合**う

發音＆位置，看清楚弄明白！

がっ 合——

○○しょう	○○ぺい	○○しょう	○○そう
合掌	**合**併	**合**唱	**合**奏
（合掌）	（合併）	（合唱）	（合奏）

かっ 合——

○○せん
合戦
（合戦）

ごう 合——

○○かく	○○けい	○○どう	○○い
合格	**合**計	**合**同	**合**意
（合格）	（合計）	（共同、統一）	（意見一致）

ごう ——合

つ○○	とう○○	しゅう○○	そう○○
都**合**	統**合**	集**合**	総**合**
（情況、方便）	（統合）	（集合）	（總合）

あい 合——

○○ず	○○ま	○○きどう
合図	**合**間	**合**気道
（信號）	（空隙）	（合氣道）

あい ——合

ぐ○○	ば○○	くみ○○	わり○○
具**合**	場**合**	組**合**	割**合**
（情形、方便）	（情況）	（組合）	（比率、比例）

あ 合——

○	○	○
合う	**合**わせる	**合**わす
（合適）	（配合、混合）	（使一致）

ま ○
待ち**合**わせ
（約定碰面）

從生活學習多音字詞

❶ 山田每天唸書，考上京都大學。　　　　【合格 / ごうかく】
❷ 這星期總共唸幾小時日文？　　　　　　【合計 / ごうけい】
❸ 課堂中想去洗手間的時候請舉手。　　　【場合 / ばあい】
❹ 這道小菜跟白飯很對味。　　　　　　　【合う / あう】
❺ 身體狀況不好，所以集合時間遲到了。　【具合 / ぐあい】【集合 / しゅうごう】
❻ 約定碰面的時間就配合你方便。　　　　【待ち合わせ / まちあわせ】
　　　　　　　　　　　　　　　　　　　【都合 / つごう】【合わせる / あわせる】

---

❶ 山田くんは　毎日　勉強して、京都大学に　合格しました。
（唸書）　　　　　　　　　　　　　　　　　（考試通過）

❷ 今週は　合計　何時間、日本語を勉強しましたか。
　　　　　（幾小時）　　　　　　　（讀日文）

❸ 授業中、トイレに行きたい　場合　は　手をあげてください。
（課堂中）　　（想去洗手間）　　（情況）　　　　（請舉手）

❹ このおかずは、ご飯に　とても　合います。
（這道小菜）　　　　（非常）　（合適、對味，合う的ます體）

❺ 体の具合が　悪いので、集合時間に　遅れました。
（身體狀況）（因為不好）　　　　　（遲到、晚到）

❻ 待ち合わせの時間は、あなたの　都合に　合わせます。
（約定碰面）　　　　　　　（方便的時候）（配合，合わせる的ます敬體）

文型

❶ 考試錄取某學校　　　　　　　學校 に合格しました
❷ …科目讀了幾小時呢？　　　　何時間 科目 を勉強しましたか
❸ 請舉起…　　　　　　　　　　名詞 をあげてください
❹ 某物跟某物很對味　　　　　　某物 は、 某物 にとても合います
❺ 某約定行程遲到了　　　　　　名詞 に遅れました
❻ 配合某人方便的時候　　　　　某人 の都合に合わせます

"回" 在詞首、詞尾有不同發音

かいすうけん　**まわ**
回数券 ｜ **回る**

發音 & 位置，看清楚弄明白！

かい
回 ——

○○	○○そう	○○すうけん	○○らん
回	**回想**	**回数券**	**回覧**
(回、次數)	(回想)	(回數票)	(傳閱)

○○しゅう	○○とう	○○そう	○○ふく
回収	**回答**	**回送**	**回復**
(回收)	(回答)	(轉送)	(恢復)

○○ゆう	○○き	○○こ
回遊	**回帰**	**回顧**
(周遊、遊覽)	(周期)	(回顧)

かい
—— 回

じ○○	すう○○	まい○○	さいしゅう○○
次回	**数回**	**毎回**	**最終回**
(下次)	(多次)	(每次)	(完結篇)

しす○○
初回
(第一次)

まわ
回 ——

○○	○○	○○	○○みち
回る	**回す**	**回り**	**回り道**
(旋轉、迴轉)	(轉、傳遞)	(旋轉、迴轉)	(繞道)

○○ぶたい
回り舞台
(旋轉舞台)

從生活學習多音字詞

❶ 這個節目的答題者全都很聰明。　　　　【回答 / かいとう】

❷ 喝太多酒，所以現在頭昏暈眩。　　　　【回る / まわる】

❸ 肩膀僵硬，轉動頸部放鬆一下吧。　　　【回す / まわす】

❹ 這部連續劇下集就是完結篇，一定要　　【次回 / じかい】
　看。　　　　　　　　　　　　　　　　【最終回 / さいしゅうかい】

❺ 與其每次買票，買回數票比較便宜　　　【毎回 / まいかい】
　唷。　　　　　　　　　　　　　　　　【回数券 / かいすうけん】

---

❶ この番組の　回答者は、　　みんな　　頭が良いです。
　（這個節目）　（ばんぐみ）　（しゃ）（大家、全部的人）（あたま）（い）
　　　　　　　　　　　　　　　　　　　　　　（頭腦很好、聰明）

❷ お酒を飲みすぎました　から、　目が回っています。
　（さけ）（の）（喝太多酒）　（因為）（め）（頭昏眼花，回って是「回る」的て形）

❸ 肩が凝ります　から、　首を回して
　（かた）（こ）（肩膀僵硬）（因為）（くび）（轉動頸部，回して是「回す」的て形）

　リラックスしましょう。
　　　（放鬆一下吧）

❹ このドラマは　次回が最終回ですから、　必ず　見ます。
　（這部連續劇）（因為下一集是完結篇）（かなら）（み）
　　　　　　　　　　　　　　　　　　（一定）　（觀賞）

❺ 毎回　切符を買う　より、回数券を買った　ほうが
　　　（きっぷ）（か）（與其…）　　　（か）（比較…）
　　　（買票）

　安いですよ。
　（やす）（便宜）

文型

❶ 某人很聰明　　　　　　　｜某人｜は頭が良いです

❷ 喝了太多…飲料　　　　　｜飲料｜を飲みすぎました

❸ 身體部位僵硬　　　　　　｜身體部位｜が凝ります

❹ 因為是…，所以一定要看　｜名詞｜ですから、必ず見ます

❺ 買…比較便宜　　　　　　｜名詞｜を買ったほうが安いです

"会" 在詞首、詞尾有不同發音

かいぎ	あ	えとく
会議	**会**う	**会**得

發音＆位置，看清楚弄明白！

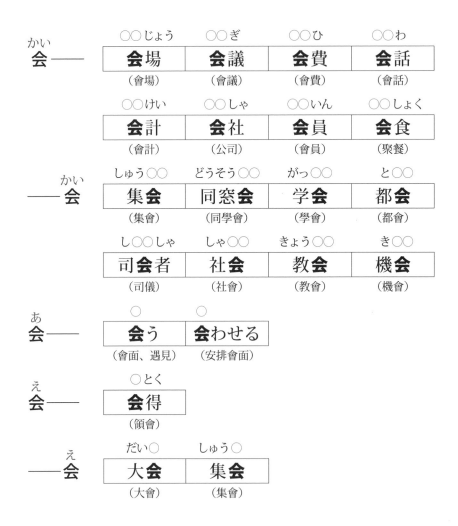

かい——

○○じょう	○○ぎ	○○ひ	○○わ
会場	**会**議	**会**費	**会**話
（會場）	（會議）	（會費）	（會話）

○○けい	○○しゃ	○○いん	○○しょく
会計	**会**社	**会**員	**会**食
（會計）	（公司）	（會員）	（聚餐）

——かい

しゅう○○	どうそう○○	がっ○○	と○○
集**会**	同窓**会**	学**会**	都**会**
（集會）	（同學會）	（學會）	（都會）

し○○しゃ	しゃ○○	きょう○○	き○○
司**会**者	社**会**	教**会**	機**会**
（司儀）	（社會）	（教會）	（機會）

あ——

○	○
会う	**会**わせる
（會面、遇見）	（安排會面）

え——

○とく
会得
（領會）

——え

だい○	しゅう○
大**会**	集**会**
（大會）	（集會）

從生活學習多音字詞

❶ 我一星期上兩次英文會話班。 　　　　【会話 / かいわ】

❷ 下星期宴會的會場在哪裡？ 　　　　　【会場 / かいじょう】

❸ 如果成為那家店的會員，買東西可以 　【会員 / かいいん】
　 比較便宜。

❹ 今天婚禮的司儀很有趣。 　　　　　　【司会者 / しかいしゃ】

❺ 最近很忙，沒有機會去教會。 　　　　【教会 / きょうかい】【機会 / きかい】

❻ 想看看同學而參加同學會。 　　　　　【会う / あう】【同窓会 / どうそうかい】

---

❶ 週 に ２回、英会話 教 室に　通っています。
　　しゅう　にかい　えい　きょうしつ　かよ
　　　　　　　　　　　　　　　（定期去…）

❷ 来 週 の　パーティの会場は　どこ　ですか。
　　らいしゅう
　　　　　　　（宴會場地）　　（哪裡）

❸ あのお店の会員　になると、　安く買うこと　が　できます。
　　　みせ　　　　　　　　　　やす　か
　（那家店的會員）（成為…的話）　（買東西便宜）　　　（能夠…）

❹ 今日の結婚式 の　司会者は　とても面白かったです。
　　きょう　けっこんしき　　　　　　　　おもしろ
　　　　　　　　　　　　（司儀）　　　　　（非常有趣）

❺ 最近　忙しい　ので、教会に行く　機会がありません。
　　さいきん　いそが
　　　　　　（因為）　　（去教會）　　（沒有機會）

❻ 同級 生に会いたい　ので、同窓会に　参加します。
　　どうきゅうせい　　　　　　　　　　　　さんか
　（想見同學，会う字尾う變成「い　（因為）　（同學會）
　 たい」，表示「希望」的語氣）

文型

❶ 定期去上…課程　　　　　　 課程名稱 教室に通っています

❷ …在哪裡呢？　　　　　　　 地點 はどこですか

❸ 如果成為…的話　　　　　　 名詞 になると

❹ (當時)某人很有趣　　　　　 某人 はとても面白かったです

❺ 沒有做…的機會　　　　　　 動詞原形 機会がありません

❻ 參加…　　　　　　　　　　 名詞 に参加します

ごせい	こうはい	あとさき	うし
後世	後輩	後先	後ろ

發音＆位置，看清楚弄明白！

ご 後——	○	○じつ	○て	○せい
	後	**後日**	**後手**	**後世**
	（以後）	（不久後）	（落後、被動）	（後世）

—後 ご	さい○	ろう○	ご○	ぜん○
	最後	**老後**	**午後**	**前後**
	（最後）	（老後）	（下午）	（前後）

こう 後——	○○はい	○○はん	○○しゃ	○○せい
	後輩	**後半**	**後者**	**後世**
	（後輩）	（後半）	（後者）	（後世）

あと 後——	○○	○○さき	○○しまつ	○○まわ
	後	**後先**	**後始末**	**後回し**
	（後面、之後）	（先後順序）	（收拾、善後）	（延後）

うし 後——	○○	○○だて	○○がみ	○○すがた
	後ろ	**後ろ盾**	**後ろ髪**	**後ろ姿**
	（後面）	（後盾）	（後面頭髮）	（背影）

のち 後——	○○	○○よ	○○ほど	○○のち
	後	**後の世**	**後程**	**後々**
	（後來、子孫）	（來世）	（隨後）	（以後、將來）

—後 のち	は ○○
	晴れ後
	（晴天轉變為…）

おく 後——	○○
	後れる
	（延誤、落後）

從生活學習多音字詞

❶ 日文課最後有會話考試。 　　　　　　【最後 / さいご】

❷ 上半場雖然得分落後，但下半場逆轉 　【後半 / こうはん】
　情勢。

❸ 報告待會再做，先做其他功課。 　　　【後回し / あとまわし】

❹ 因為沒結婚，所以擔心年老後的生活。 【老後 / ろうご】

❺ 明天下午要跟學弟妹去唱 KTV。 　　【午後 / ごご】【後輩 / こうはい】

❻ 上完課之後，在學生餐廳，老師都是 　【後 / あと】【後ろ / うしろ】
　坐在後面的座位。

---

❶ 日本語クラスの最後に　会話 テストが　あります。
　（日文課最後）　　　　　（會話考試）

❷ 前半は　負けていました　が、後半 に 逆転しました。
　（上半場）　（處於落後的狀態）　（下半場）

❸ レポートは　後回しにして、他の 宿題を　先にやります。
　（報告）　　　（延後做）　　　（其他的功課）　　（先做）

❹ 結婚していない　ので、老後が心配です。
　（沒結婚）　　　（因為）　（擔心年老後的生活）

❺ 明日の午後、後輩と　カラオケに行きます。
　　　　　　（和學弟妹）　　（去唱 KTV）

❻ 授業 の後、学食で　後ろの席に　先生が座っていました。
　（上完課後）　（在學生餐廳）（後面座位）　（老師都是坐在…）

文型

❶ 某…的考試	名詞	テストがあります
❷ …處於落後的狀態	名詞	は負けていました
❸ 先做…	名詞	を先にやります
❹ 我擔心…	名詞	が心配です
❺ 我和某人去唱 KTV	某人	とカラオケに行きます
❻ 當時坐在…的座位上	名詞	の席にが座っていました

"話" 在詞首、詞尾有不同發音

わ だい 話題　|　はな 話す　|　はなし 話　|　せ けん ばなし 世間話

發音＆位置，看清楚弄明白！

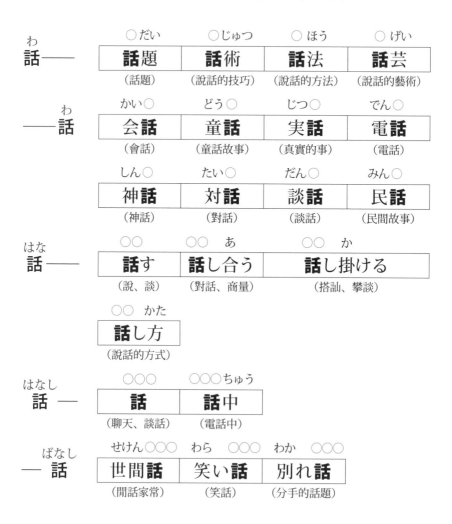

わ 話——

○だい	○じゅつ	○ほう	○げい
話題	話術	話法	話芸
（話題）	（說話的技巧）	（說話的方法）	（說話的藝術）

——わ 話

かい○	どう○	じつ○	でん○
会話	童話	実話	電話
（會話）	（童話故事）	（真實的事）	（電話）

しん○	たい○	だん○	みん○
神話	対話	談話	民話
（神話）	（對話）	（談話）	（民間故事）

はな 話——

○○	○○ あ	○○ か
話す	話し合う	話し掛ける
（說、談）	（對話、商量）	（搭訕、攀談）

○○ かた
話し方
（說話的方式）

はなし 話 —

○○○	○○○ちゅう
話	話中
（聊天、談話）	（電話中）

——ばなし 話

せけん○○○	わら ○○○	わか ○○○
世間話	笑い話	別れ話
（閒話家常）	（笑話）	（分手的話題）

從生活學習多音字詞

❶ 我想跟山本先生討論去香港旅遊的事。　　【話し合う / はなしあう】
❷ 學語言時，會話練習很重要。　　　　　　【会話 / かいわ】
❸ 這部電影的內容全是真人真事。　　　　　【実話 / じつわ】
❹ 為什麼遲到呢，請說明理由。　　　　　　【話す / はなす】
❺ 今天晚上我要打電話給男朋友談分手。　　【電話 / でんわ】
　　　　　　　　　　　　　　　　　　　　【別れ話 / わかればなし】
❻ 想找高橋講話，但沒有話題可說。　　　　【話し掛ける / はなしかける】
　　　　　　　　　　　　　　　　　　　　【話題 / わだい】

---

❶ 山本さんと　香港旅行のことを　話し合いたいです。
　（やまもと）　　（ほんこんりょこう）
　　　　　　　　　（去香港旅遊的事）　　（想要討論，話し合う字尾う變成「いたい」，
　　　　　　　　　　　　　　　　　　　　 表示「希望」的語氣）

❷ 語学を勉強する時、会話練習は　とても重要です。
　（ごがく）（べんきょう）（とき）（れんしゅう）　　　　（じゅうよう）
　　（學習語言時）　　　　　　　　　　　　　　　　　（非常重要）

❸ この映画　の内容は　全て　実話です。
　　（えいが）　（ないよう）　（すべ）
　　（這部電影）　　（全部）　　（是真實內容）

❹ どうして　遅刻したのか、理由を　話してください。
　　　　　　（ちこく）　　　（りゆう）
　（為什麼）　（遲到呢）　　　　　　　（請說明，話して是「話す」的て形）

❺ 今夜、彼に電話して　別れ話をします。
　（こんや）（かれ）
　　　　（打電話給男朋友）　　（談分手）

❻ 高橋君に　話し掛けたいんですが、　話題がありません。
　（たかはしくん）
　　　　（雖然想找…說話，話しかける字尾る變成　　　　（沒有話題）
　　　　「たい」，表示「希望」的語氣）

文型

❶ 想與某人討論…　　　　　　　 | 某人 | と | 名詞 | を話し合いたいです
❷ …是非常重要的　　　　　　　 | 名詞 | はとても重要です
❸ …是真人真事　　　　　　　　 | 名詞 | は実話です
❹ 請說…　　　　　　　　　　　 | 名詞 | を話してください
❺ 打電話給某人　　　　　　　　 | 某人 | に電話します
❻ 想找某人說話　　　　　　　　 | 某人 | に話し掛けたいです

"今"在詞首、詞尾有不同發音

<ruby>今<rt>こん</rt></ruby><ruby>晩<rt>ばん</rt></ruby> | <ruby>今<rt>いま</rt></ruby>にも

發音 & 位置，看清楚弄明白！

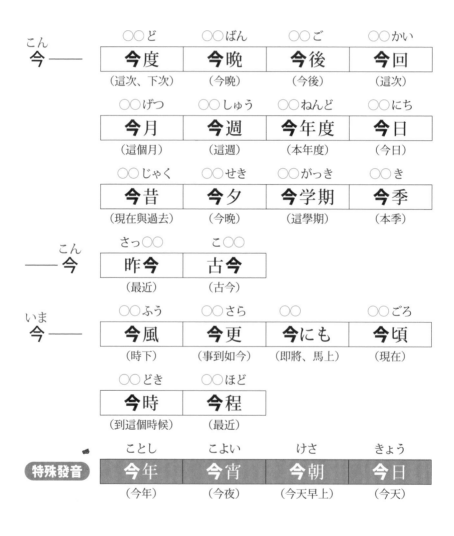

こん 今──	○○ど **今度** （這次、下次）	○○ばん **今晩** （今晩）	○○ご **今後** （今後）	○○かい **今回** （這次）
	○○げつ **今月** （這個月）	○○しゅう **今週** （這週）	○○ねんど **今年度** （本年度）	○○にち **今日** （今日）
	○○じゃく **今昔** （現在與過去）	○○せき **今夕** （今晩）	○○がっき **今学期** （這學期）	○○き **今季** （本季）

こん ──今	さっ○○ **昨今** （最近）	こ○○ **古今** （古今）

いま 今──	○○ふう **今風** （時下）	○○さら **今更** （事到如今）	○○ **今にも** （即將、馬上）	○○ごろ **今頃** （現在）
	○○どき **今時** （到這個時候）	○○ほど **今程** （最近）		

特殊發音	ことし **今年** （今年）	こよい **今宵** （今夜）	けさ **今朝** （今天早上）	きょう **今日** （今天）

從生活學習多音字詞

❶ 下次請來我家吃飯。　　　　　　　　　【今度 / こんど】

❷ 我打算這個月月底去紐約旅遊。　　　　【今月 / こんげつ】

❸ 他昨天熬夜念書，所以現在在睡覺。　　【今頃 / いまごろ】

❹ 天空一片漆黑，看起來馬上要下雨。　　【今にも / いまにも】

❺ 今天是今年最冷的一天，所以穿得很　　【今日 / きょう】【今年 / ことし】
　　厚重。

❻ 中野今天穿得很時髦。　　　　　　　　【今日 / きょう】【今風 / いまふう】

---

❶ 今度、私の家に　ご飯を食べて　来て　ください。
　（下次）　　　　　　（來吃飯）　　　　（請…）

❷ 今月末、ニューヨークへ　旅行に行く　予定です。
　　　　（紐約）　　　　（去旅遊）　（打算、預定）

❸ 彼は　昨日、徹夜で勉強した　ので、今頃寝ています。
　　　　　　（熬夜讀書）　　　（因為）　（現在正在睡覺）

❹ 空が　真っ黒で、今にも　雨が降りそうです。
　　（漆黑）（馬上就…）（看起來好像要下雨）

❺ 今日は　今年　一番の寒さですから、厚着をしました。
　　　　　　　（因為最寒冷）　　　　　（穿得很厚重）

❻ 今日、中野くんは　とても　今風な服を着ています。
　　　　（非常）　　　（穿著時髦的衣服）

文型

❶ 請來某處　　　　　　　　　　地點 に来てください

❷ 預定要做某事　　　　　　　動詞原形 予定です

❸ 熬夜做某事　　　　　　徹夜で 動詞

❹ …是一片漆黑　　　　　　名詞 が真っ黒です

❺ 因為今天是…　　　　　　　今日は 名詞 ですから

❻ 穿著…樣的衣服　　　　　　な形容詞 な服を着ています

"交" 在詞首、詞尾有不同發音

こう **交**換	まじ **交**わる	ま **交**ぜる	か **交**わす

發音 & 位置，看清楚弄明白！

こう
交──

○○かん	○○さてん	○○りゅう	○○つう
交換	**交**差点	**交**流	**交**通
（交換）	（十字路口）	（交流）	（交通）

○○たい	○○たい	○○じょう	○○えき
交代	**交**替	**交**情	**交**易
（交代）	（交替）	（交情）	（交易）

こう
──**交**

しゃ○○	ぜっ○○	がい○○	こっ○○
社**交**	絶**交**	外**交**	国**交**
（社交）	（絶交）	（外交）	（邦交）

きゅう○○	せい○○	ざっ○○	らん○○
旧**交**	性**交**	雑**交**	乱**交**
（舊交）	（性交）	（雑交）	（性交對象混亂 複雜）

まじ
交──

○○	○○	○○
交わる	**交**える	**交**る
（交叉、交往）	（交換、加入）	（交雜、交際）

ま
交──

○	○
交ぜる	**交**ざる
（混合、攪拌）	（混雜）

か
交──

○	○
交わす	**交**う
（交叉、交換）	（互相…）

從生活學習多音字詞

1. 我現在很後悔與好朋友絕交。　　　　　【絶交 / ぜっこう】
2. 現今，台灣與日本之間沒有邦交。　　　【国交 / こっこう】
3. 這個班級都是男生，只參雜一個女　　　【交ざる / まざる】
   生。
4. 那位教授上課穿插風趣言語，很受學　　【交える / まじえる】
   生歡迎。
5. 跟外國人做「語言交換」，也能交流　　【交換 / こうかん】
   不同文化。　　　　　　　　　　　　　【交流 / こうりゅう】
6. 警察正在十字路口指揮交通。　　　　　【交差点 / こうさてん】
   　　　　　　　　　　　　　　　　　　【交通 / こうつう】

---

1. 親友と 絶交したことを　とても 後悔しています。
   （和好朋友絕交這件事）　　　　　　（非常後悔）

2. 今、台湾と日本には　国交がありません。
   （台日之間）　　　　　　　（沒有邦交）

3. このクラスは　男子の中に　一人だけ女子 が　交ざっています。
   （這個班級）　　　　　　　（只有一個女生）　　　（參雜著，交ざって是「交ざる」的
   　　　　　　　　　　　　　　　　　　　　　　　て形）

4. あの 教授は　ユーモアを交えて　授業 をする　ので　人気です。
   （穿插幽默，交えて是「交える」て形）　（授課）　（因為）　（受歡迎）

5. 外国人と　言語交換をすれば、異文化交流　も　できます。
   　　　　　（如果語言交換的話）　　　　（也）　（能夠…）

6. 警察官が　交差点で　交通整理をしています。
   　　　　　（在十字路口）　　　（正在指揮交通）

文型

1. 和某人絕交了　　　　　　　　 某人 と絶交しました（絶交した）
2. 某國和某國沒有邦交　　　　 國家 と 國家 には国交がありません
3. 參雜著…　　　　　　　　　　 名詞 が交ざっています
4. 某人很受歡迎　　　　　　　　 某人 は人気です
5. 也能夠達成…　　　　　　　　 名詞 もできます
6. 某人正在做…　　　　　　　　 某人 が 名詞 をしています

"金" 在詞首、詞尾有不同發音

きんゆう	かねも	こがね	かなづち
金融	金持ち	黄金	金槌

發音＆位置，看清楚弄明白！

きん 金──

○○がく	○○ぱつ	○○ゆう	○○ぎょ
金額	金髪	金融	金魚
（金額）	（金髪）	（金融）	（金魚）

──きん 金

ちょ○○	げん○○	りょう○○	ばっ○○
貯金	現金	料金	罰金
（存款）	（現金）	（費用）	（罰款）

かね 金──

○○	○○も	○○もう	○○づか
（お）金	（お）金持ち	金儲け	金遣い
（金錢）	（有錢人）	（獲利）	（花錢）

──がね 金

とめ○○	ふる○○	こ○○	あ　○○
留金	古金	黄金	有り金
（金屬鎖扣）	（廢金屬）	（金黄色）	（現款）

かな 金──

○○づち	○○ぐ	○○もの	○○ざわ
金槌	金具	金物	金沢
（鐵鎚）	（金屬零件）	（五金）	（日本地名）

こん 金──

○○ごう	○○こう	○○じき	○○どう
金剛	金光	金色	金銅
（堅硬無比）	（日本地名）	（金色）	（鍍金的銅）

──ごん 金

おう○○
黄金
（黄金）

從生活學習多音字詞

❶ 如果拾獲現金，要交給警察。 　　　　　【現金 / げんきん】
❷ 日本高速公路的過路費用太貴了。 　　　　【料金 / りょうきん】
❸ 因為他是有錢人，所以總是開高級車。 　　【お金持ち / おかねもち】
❹ 請告訴我賺錢獲利的訣竅。 　　　　　　　【金儲け / かねもうけ】
❺ 因為交通違規要付罰金，所以已經沒 　　　【罰金 / ばっきん】【お金 / おかね】
　　錢了。
❻ 到金澤旅行，存款都花光了。 　　　　　　【金沢 / かなざわ】【貯金 / ちょきん】

---

❶ 現金を拾ったら、　警察へ届けましょう。
　　（撿到現金的話）　　　（交給警察）

❷ 日本の　高速道路料金は　高すぎます。
　　　　　（高速公路過路費）　　（太貴）

❸ 彼は　お金持ちなので、いつも　いい車に乗っています。
　　　　（因為是有錢人）　　（總是）　　（駕駛、搭乘高級汽車）

❹ 金儲け　の　コツを　教えてください。
　（獲利）　　（訣竅）　　（請告訴我…）

❺ 交通違反で　罰金を払う　ので、もう　お金がありません。
　　　　　　（付罰金）　　（因為）（已經）　　（沒錢）

❻ 金沢へ　旅行に行って、貯金を使い果たしました。
　　　　（去旅行）　　　　（存款花光了）

文型

❶ 把東西交給… 　　　　　　　名詞 へ届けましょう
❷ …的價格太貴 　　　　　　　名詞 は高すぎます
❸ 搭乘、駕駛著…交通工具 　　交通工具 に乗っています
❹ 請告訴我… 　　　　　　　　名詞 を教えてください
❺ 因為…所以要付罰金 　　　　名詞 で罰金を払います（払い）
❻ 花光了、用光了… 　　　　　名詞 を使い果たしました

"家" 在詞首、詞尾有不同發音

| かてい
家庭 | けらい
家来 | おおや
大家 | いえで
家出 |

發音 & 位置，看清楚弄明白！

か家——

○てい	○けい	○ じ	○ぞく
家庭	**家計**	**家事**	**家族**
(家庭)	(家庭收支)	(家事)	(家人)

——か家

さっ○	が ○	こっ○	いっ○
作家	**画家**	**国家**	**一家**
(作家)	(畫家)	(國家)	(一家)

け家——

○らい
家来
(家臣)

——け家

ぶ ○	しゅっ○	りょう○	ほん○
武家	**出家**	**両家**	**本家**
(武士世家)	(出家)	(兩家)	(正宗)

や家——

○ぬし	○ちん
家主	**家賃**
(戶長、房東)	(房租)

——や家

かり○	おお○	かし○	おも○
借家	**大家**	**貸家**	**母家**
(租來的房子)	(房東)	(出租的房子)	(本店)

いえ家——

○○	○○で	○○がら	○○じ
家	**家出**	**家柄**	**家路**
(房屋、家庭)	(離家出走)	(家世、名門)	(歸途)

從生活學習多音字詞

❶ 我每天記錄家庭收支。　　　　　　【家計 / かけい】
❷ 那位作家多次獲得直木賞。　　　　　【作家 / さっか】
❸ 正在找家庭教師的打工工作。　　　　【家庭 / かてい】
❹ 桃太郎將狗、猿猴、雉雞收為家臣。　【家来 / けらい】
❺ 她跟家人吵架離家出走。　　　　　　【家族 / かぞく】【家出 / いえで】
❻ 我家位處便利，房租也很便宜。　　　【家 / いえ】【家賃 / やちん】

---

❶ 私は　毎日、家計簿を　つけています。
　　　　　　　　（收支簿）　　（一直紀錄）

❷ あの作家は　何度も　直木賞を受賞しています。
　　　　　　　（好幾次）　　　　（獲得直木賞）

❸ 家庭教師の　アルバイトを　探しています。
　　　　　　　　（打工）　　　　（正在尋找）

❹ 桃太郎は　犬、猿、きじ　を　家来にしました。
　　　　　　　　（雉雞）　　　（將…收為家臣）

❺ 彼女は　家族と　喧嘩をして　家出しました。
　　　　　（和家人）　（吵架）　　（離家出走）

❻ 私の家は　便利な場所にあるし、家賃も安いです。
　　　　　　（位於方便的地方，而且…）　（房租也便宜）

文型

❶ 我每天做某事　　　　　私は毎日、[動詞て形] います
❷ 獲得某獎項　　　　　　[某獎項] を受賞しています
❸ 正在找某物　　　　　　[某物] を探しています
❹ 將…收為家臣　　　　　[名詞] を家来にしました
❺ 某人離家出走　　　　　[某人] は家出しました
❻ …也很便宜　　　　　　[名詞] も安いです

きょう いく ｜ おし ｜ おそ
教育 ｜ **教**える ｜ **教**わる

發音 & 位置，看清楚弄明白！

きょう
教 —

○○いく	○○し	○○かしょ	○○ざい
教育	**教**師	**教**科書	**教**材
（教育）	（老師）	（教科書）	（教材）

○○よう	○○じゅ	○○かい	○○どう
教養	**教**授	**教**会	**教**導
（教養）	（教授）	（教會）	（教導）

○○しょく	○○しつ	○○かん	○○れん
教職	**教**室	**教**官	**教**練
（教職）	（教室）	（教官）	（磨練、操練）

きょう
— **教**

しゅう○○	せっ○○	ぶっ○○	じゅ○○
宗**教**	説**教**	仏**教**	儒**教**
（宗教）	（説教）	（佛教）	（儒教）

か○○	じょ○○	しん○○	どう○○
家**教**	助**教**	信**教**	道**教**
（家庭教師）	（助理教授）	（信教）	（道教）

おし
教——

○○	○○ かた	○○	○○ こ
教える	**教**え方	**教**え	**教**え子
（教導、教授）	（教學方式）	（教導、教誨）	（門生、學生）

おそ
教——

○○
教わる
（受教、學習）

從生活學習多音字詞

❶ 日本的義務教育是小學六年和中學三年。 【教育 / きょういく】

❷ 因為晚回家，被爸爸說教兩小時。 【說教 / せっきょう】

❸ 那位老師的教學方式非常卓越。 【教え方 / おしえかた】

❹ 日本的主要宗教為佛教及神道教。 【宗教 / しゅうきょう】
【仏教 / ぶっきょう】

❺ 以漫畫為教材，教授日語。 【教材 / きょうざい】
【教える / おしえる】

❻ 那位教授上課時不使用教科書。 【教授 / きょうじゅ】
【教科書 / きょうかしょ】

---

❶ 日本の義務教育は　小学校6年　と　中学校3年です。
　にほん　ぎむ　　　　　しょうがっこうろくねん　　　　ちゅうがっこうさんねん
　　　　　　　　　　　　　　　　　　　（和）

❷ 帰りが遅くて、父親に　2時間、説教されました。
　かえ　おそ　ちちおや　にじかん
　（回家時間晚）　　　（2小時）　　　（被…說教）

❸ あの先生の　教え方は　とても上手です。
　せんせい　　　　　　　　　　じょうず
　　　　　　（教學方式）　　　（非常卓越）

❹ 日本の　主な宗教は　仏教と神道です。
　にほん　おも　　　　　しんとう
　　　　（主要的宗教）　（佛教和神道教）

❺ マンガを　教材にして、日本語を教えます。
　　　　　　　　　　　　　にほんご
　（漫畫）　（作為教材）　（教日文，教える的ます體）

❻ あの教授は　教科書を使わずに　授業をします。
　　　　　　　　　　　つか　　　　じゅぎょう
　　　　　　（不使用教科書）　　　（上課）

文型

❶ 是…和…	名詞 と 名詞 です
❷ 被某人說教一番	某人 に説教されました
❸ …非常卓越、純熟	名詞 はとても上手です
❹ 日本主要的…	日本の主な 名詞
❺ 以…作為教材	名詞 を教材にして
❻ 上課時不使用…	名詞 を使わずに授業をします

さけ ぐせ	しゅ ぞう	さか や	い ざか や
酒癖	酒造	酒屋	居酒屋

發音 & 位置，看清楚弄明白！

さけ
酒──

○○	○○ず	○○ぐせ	○○の
（お)酒	酒好き	酒癖	酒飲み
（酒）	（喜歡喝酒）	（酒品）	（酒鬼）

○○かす	○○びた
酒粕	酒浸り
（釀酒後的殘渣）	（沈溺於酒）

しゅ
酒──

○えん	○せき	○ぞう	○ごう
酒宴	酒席	酒造	酒豪
（酒宴）	（酒席）	（製酒）	（海量）

しゅ
──酒

いん○	せい○	きん○	にほん○
飲酒	清酒	禁酒	日本酒
（飲酒）	（清酒）	（戒酒）	（日本酒）

さか
酒──

○○や	○○ば	○○ぐら	○○も
酒屋	酒場	酒蔵	酒盛り
（賣酒的店；酒坊）	（酒館）	（酒窖）	（酒宴）

○○ぐら	○○だる	○○づく
酒倉	酒樽	酒造り
（日本地名）	（酒桶）	（釀酒）

ざか
─酒─

い○○や
居酒屋
（日式酒館）

從生活學習多音字詞

❶ 因喝酒開車而引起交通事故。 　　　　　　【飲酒 / いんしゅ】

❷ 很多日本男性喜歡喝酒。 　　　　　　　　【酒好き / さけずきき】

❸ 我家附近有大型酒行。 　　　　　　　　　【酒屋 / さかや】

❹ 我爸爸開始戒酒後，瘦了五公斤。 　　　　【禁酒 / きんしゅ】

❺ 我不想跟酒品不好的人喝酒。 　　　　　　【酒癖 / さけぐせ】【お酒 / おさけ】

❻ 去有很多日本酒的居酒屋吧。 　　　　　　【日本酒 / にほんしゅ】

　　　　　　　　　　　　　　　　　　　　　【居酒屋 / いざかや】

---

❶ 飲酒運転で　交通事故を　起こしました。
　（因為喝酒開車）　　　　　　　　（引起了…）

❷ 日本人の男性は　酒好きが　多いです。
　　　　　　　　　（喜歡喝酒）

❸ 家の近くに　大きな酒屋があります。
　（在家附近）　　　（有大型酒行）

❹ 私の父は　禁酒を始めて、5キロ　瘦せました。
　　　　　　（開始禁酒）　　（5公斤）

❺ 酒癖の悪い人と　お酒を飲みたくありません。
　（和酒品不好的人）　　　（不想喝酒）

❻ 日本酒のたくさんある　居酒屋に　行きましょう。
　（有很多日本酒的）　　　　　　（去…地方吧）

文型

❶ 引發… 　　　　　　　　　 名詞 を起こしました

❷ 很多男性是… 　　　　　男性は 名詞 が多いです

❸ 有大型的… 　　　　　　大きな 名詞 があります

❹ 某人瘦了…公斤 　　　　 某人 は 數字 キロ瘦せました

❺ 不想和某人喝酒 　　　　 某人 とお酒を飲みたくありません

❻ 去某個地方吧 　　　　　 地點 に行きましょう

"間" 在詞首、詞尾有不同發音

かんしょく　まちが　　あいだ　にんげん
間食｜**間違う**｜**間**｜**人間**

發音＆位置，看清楚弄明白！

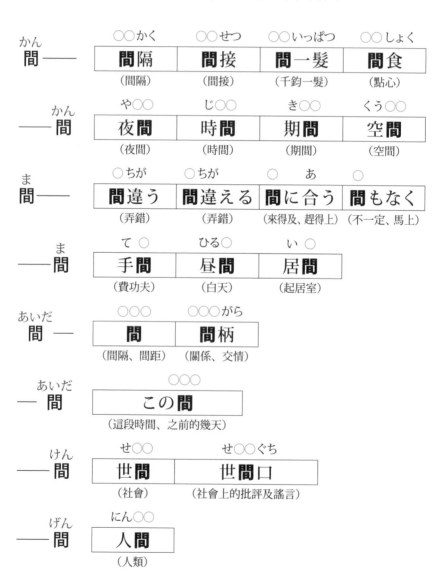

かん
間──

○○かく	○○せつ	○○いっぱつ	○○しょく
間隔	**間接**	**間一髪**	**間食**
（間隔）	（間接）	（千鈞一髮）	（點心）

かん
──間

や○○	じ○○	き○○	くう○○
夜間	**時間**	**期間**	**空間**
（夜間）	（時間）	（期間）	（空間）

ま
間──

○ちが	○ちが	○　あ	○
間違う	**間違える**	**間に合う**	**間もなく**
（弄錯）	（弄錯）	（來得及、趕得上）	（不一定、馬上）

ま
──間

て○	ひる○	い○
手間	**昼間**	**居間**
（費功夫）	（白天）	（起居室）

あいだ
間 ─

○○○	○○○から
間	**間柄**
（間隔、間距）	（關係、交情）

あいだ
─ 間

○○○
この間
（這段時間、之前的幾天）

けん
──間

せ○○	せ○○ぐち
世間	**世間口**
（社會）	（社會上的批評及謠言）

げん
──間

にん○○
人間
（人類）

從生活學習多音字詞

① 今天白天都在圖書館唸書。 　　　　　　【昼間 / ひるま】
② 點心是減肥的大敵。 　　　　　　　　　【間食 / かんしょく】
③ 「人間失格」是太宰治的代表作。 　　　【人間 / にんげん】
④ 往東京的列車即將要進站了。 　　　　　【間もなく / まもなく】
⑤ 沒趕上演唱會開始的時間。 　　　　　　【時間 / じかん】
　　　　　　　　　　　　　　　　　　　　【間に合いません / まにあいません】
⑥ 之前的考試寫錯了簡單的漢字。 　　　　【この間 / このあいだ】
　　　　　　　　　　　　　　　　　　　　【間違える / まちがえる】

---

① 今日の　昼間は　図書館で　勉強していました。
　　　　　（白天）　　　　　　　（一直在讀書）

② 間食は　ダイエット　の　天敵です。
　（點心）　（節食減肥）

③ 「人間失格」は　太宰治の　代表作です。

④ 間もなく　東京行きの電車が　到着します。
　（即將）　（開往東京的電車）　　（抵達）

⑤ コンサート　の　開始時間に　間に合いませんでした。
　（演唱會）　　　　　　　（趕不上…，間に合う的ます體「間に合います」的否定）

⑥ この間のテストで　簡単な漢字を　間違えました。
　（前一陣子的考試）　　　　　　　（搞錯，間違える的ます體「間違えます」的過去式）

文型

① 一直在某處唸書 　　　　　 地點 で勉強していました
② …是減肥的大敵 　　　　　 名詞 はダイエットの天敵です
③ 某人的代表作品 　　　　　 某人 の代表作です
④ 開往…的電車 　　　　　　 地點 行きの電車
⑤ 沒趕上…的時間 　　　　　 時間 に間に合いませんでした
⑥ 弄錯… 　　　　　　　　　 名詞 を間違えました

"切" 在詞首、詞尾有不同發音

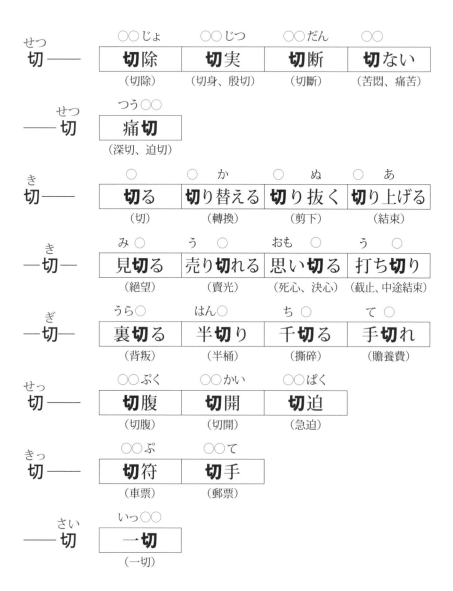

せつ　　　　き　　　　うらぎ　　　　きっ ぷ
切ない　｜　切る　｜　裏切る　｜　切符

發音 & 位置，看清楚弄明白！

せつ 切──	○○じょ 切除 （切除）	○○じつ 切実 （切身、殷切）	○○だん 切断 （切斷）	○○ 切ない （苦悶、痛苦）

──切 せつ	つう○○ 痛切 （深切、迫切）			

き 切──	○ 切る （切）	○ か 切り替える （轉換）	○ ぬ 切り抜く （剪下）	○ あ 切り上げる （結束）

き ─切─	み○ 見切る （絕望）	う ○ 売り切れる （賣光）	おも ○ 思い切る （死心、決心）	う ○ 打ち切り （截止、中途結束）

ぎ ─切─	うら○ 裏切る （背叛）	はん○ 半切り （半桶）	ち ○ 千切る （撕碎）	て ○ 手切れ （贍養費）

せっ 切──	○○ぷく 切腹 （切腹）	○○かい 切開 （切開）	○○ぱく 切迫 （急迫）	

きっ 切──	○○ぷ 切符 （車票）	○○て 切手 （郵票）		

──切 さい	いっ○○ 一切 （一切）			

從生活學習多音字詞

① 因為今天晚上有約會，所以提早結束 　【切り上げる / きりあげる】
　工作。

② 這部連續劇因收視率不佳，中途停播。　【打ち切り / うちきり】

③ 涉及個人隱私的問題，一概不回應。　　【一切 / いっさい】

④ 我不想背叛朋友。　　　　　　　　　　【裏切る / うらぎる】

⑤ 下定決心剪掉一頭長髮。　　　　　　　【思い切る / おもいきる】
　　　　　　　　　　　　　　　　　　　【切る / きる】

⑥ 奧運紀念郵票已全部售完。　　　　　　【切手 / きって】
　　　　　　　　　　　　　　　　　　　【売り切れる / うりきれる】

---

① 今夜は　デートがある　ので、仕事は　早めに切り上げます。
　　（有約會）　　　（因為）　　　　　　（提早結束，切り上げる的ます體）

② このドラマは　視聴率が悪い　ので　打ち切りになります。
　　（這部連續劇）　（收視率差）　（因為）　　（變成中途停播）

③ プライベートに関する　質問は　一切　受け付けません。
　　（有關於隱私）　　　　（問題）　　　　（不接受）

④ 私は　友達を　裏切りたくありません。
　　（不想背叛…，裏切る字尾る變成「りたくありません」，
　　表示「不希望」的語氣）

⑤ 思い切って　　長い髪を　切りました。
　　（下決心，思い切る的て形）（長髪）　（剪掉，切る的ます體「切ります」的過去式）

⑥ オリンピック　記念切手は　全て　売り切れました。
　　（奧運）　　　（紀念郵票）（全部）　（賣完了，売り切れる的ます體「売り切れます」的過去式）

文型

① 提早結束…　　　　　[名詞] は早めに切り上げます
② …中途停止　　　　　[名詞] は打ち切りになります
③ 關於…的問題　　　　[名詞] に関する質問
④ 不想背叛某人　　　　[某人] を裏切りたくありません
⑤ 剪掉…　　　　　　　[名詞] を切りました
⑥ …已經賣完了　　　　[名詞] は売り切れました

かとう ｜ したぎ ｜ げひん ｜ さ
下等 ｜ **下**着 ｜ **下**品 ｜ **下**げる

發音 & 位置，看清楚弄明白！

か下──	○ き	○とう	○こう	○ ぶ
	下記	**下**等	**下**降	**下**部
	（下列）	（下等）	（下降）	（下部）

──か下	ち ○てつ	てん○	なん○	ぶ ○
	地**下**鉄	天**下**	南**下**	部**下**
	（地下鐵）	（天下）	（南下）	（部下）

した下──した下	○○	○○ぎ	○○み	とし○○
	下	**下**着	**下**見	年**下**
	（下面）	（內衣）	（預先查看）	（年幼）

くだ下──	○○	○○	○○ ざか	○○
	下る	**下**り	**下**り坂	**下**さる
	（下降、下樓）	（下坡、下行）	（下坡路）	（給）

げ下──げ下	○ り	○ひん	○ た	じょう○
	下痢	**下**品	**下**駄	上**下**
	（拉肚子）	（下流）	（木屐）	（上下）

しも下──しも下	○○はんき	○○	○○て	かわ○○
	下半期	**下**ネタ	**下**手	川**下**
	（下半期）	（下流的話語）	（下邊、下游）	（下游）

さ下──	○	○		
	下げる	**下**がる		
	（降低、提領）	（往後退、下降）		

特殊發音	へた	あしもと	お	お
	下手	足**下**	**下**ろす	**下**りる
	（拙劣、笨拙）	（腳下）	（放下、卸下）	（下來）

從生活學習多音字詞

❶ 因為拉肚子所以去看醫生。　　　　　【下痢 / げり】

❷ 公司的部屬上了電視，我很驚訝。　　【部下 / ぶか】

❸ 因為搞錯而搭到下行列車了。　　　　【下り / くだり】

❹ 因為是發薪日，所以去銀行領錢。　　【下ろす / おろす】

❺ 午休時和年輕女生說些不雅的玩笑　　【年下 / としした】
　 話，氣氛熱絡。　　　　　　　　　　【下ネタ / しもネタ】

❻ 下地下鐵電車時，請注意腳步。　　　【地下鉄 / ちかてつ】【下りる / おりる】

---

❶ 下痢をした　ので、　病院に行きます。
　　（拉肚子）　（因為）　　　（去看醫生）

❷ 会社の部下が　テレビに出ていた　ので、　驚きました。
　　　　　　　　　（上了電視）　　（因為）　　（驚訝）

❸ 間違えて　下り電車に乗ってしまいました。
　　（搞錯）　　　（不小心搭乗了下行列車）

❹ 給料日なので、　銀行に行って　お金を下ろします。
　（因為是發薪日）　　（去銀行）　　（領錢，下ろす的ます體）

❺ 昼休みは、　年下の子と　下ネタで　盛り上がりました。
　（午休時間）　（和年輕女生）（因為不雅的玩笑話）　（氣氛熱絡）

❻ 地下鉄から下りる時、　足元に　注意してください。
　　（下地下鐵電車時）　　（腳邊）　　（請注意）

文型

❶ 去…地點、場所　　　　　　　　　 地點、場所 に行きます
❷ 某人上電視　　　　　　　　　　　 某人 がテレビに出ていました（出ていた）
❸ 因為搞錯而不小心做了…　　　　　 間違えて 動詞て形 しまいました
❹ 去某處領錢　　　　　　　　　　　 地點 に行ってお金を下ろします
❺ 因為…而氣氛熱絡　　　　　　　　 名詞 で盛り上がりました
❻ 請注意…　　　　　　　　　　　　 名詞 に注意してください

"小" 在詞首、詞尾有不同發音

しょうに	こぜに	おがわ	ちい
小児	小銭	小川	小さい

發音 & 位置，看清楚弄明白！

しょう 小 ―

○○がくせい	○○べん	○○せつ	○○に
小学生	小便	小説	小児
（小學生）	（小便）	（小説）	（幼兒）

― 小 しょう

さい○○	だい○○	ちゅう○○	しゅう○○
最小	大小	中小	縮小
（最小）	（大小）	（中小）	（縮小）

こ 小―

○いぬ	○ぜに	○つづみ	○むぎ
小犬	小銭	小包	小麦
（小狗）	（零錢）	（小包裝）	（小麥）

お 小―

○がわ	○ぐら	○じ	○ば
小川	小暗い	小父さん	小母さん
（小河、姓氏）	（微暗的）	（叔叔）	（阿姨）

ちい 小―

○○	○○
小さい	小さな
（小的）	（小）

ご ―小―

いぬ○や
犬小屋
（狗屋）

特殊發音

あずき
小豆
（小豆、紅豆）

從生活學習多音字詞

❶ 與愛情小說相比，我比較喜歡冒險小　【小說 / しょうせつ】
　　說。

❷ 我的房間很小，所以想搬家。　　　　【小さい / ちいさい】

❸ 因為要做紅豆湯，請買紅豆回來。　　【小豆 / あずき】

❹ 撿到一隻小狗，要幫牠搭狗屋。　　　【小犬 / こいぬ】【犬小屋 / いぬごや】

❺ 小川已經確定在中小企業就職。　　　【小川 / おがわ】【中小 / ちゅうしょう】

❻ 小學生拿零錢去買和菓子。　　　　　【小学生 / しょうがくせい】
　　　　　　　　　　　　　　　　　　【小銭 / こぜに】

---

❶ 恋愛小説より、冒険小説のほうが　好きです。
　（與愛情小說相比）　　（冒險小說比較…）　　　（喜歡）

❷ 私 の部屋は　とても小さい　ので、引越ししたいです。
　（我的房間）　　　（非常小）　　　　　　（想搬家）

❸ お汁粉を作る　ので、小豆を　買って来て　ください。
　（做紅豆湯）　　　　　（紅豆）　（買回來）　　（請…）

❹ 小犬を拾いました　から、犬小屋を作ります。
　（撿到小狗）　　（因為）　　（製作狗屋）

❺ 小川くんは　中小企業 に 就 職 が　決まりました。
　　　　　　　　　　　　　　　　　　（確定了）

❻ 小学生が　小銭を持って　お菓子を　買いに行きました。
　　　　　（拿零錢）　　　　　　　　（去買…）

文型

❶ 兩相比較，比較喜歡…　　　　 | 名詞 |のほうが好きです
❷ 因為…，所以想搬家　　　　　 | い形容詞 |ので、引越ししたいです
❸ 請買…回來　　　　　　　　　 | 名詞 |を買って来てください
❹ 撿拾到…　　　　　　　　　　 | 名詞 |を拾いました
❺ 某事已經確定了　　　　　　　 | 名詞 |が決まりました
❻ 某人去買某物　　　　　　　　 | 某人 | が | 某物 |を買いに行きました

"行" 在詞首、詞尾有不同發音

ぎょうじ	こうい	い	おこな
行事	行為	行く	行う

發音＆位置，看清楚弄明白！

ぎょう 行 ——

○○れつ	○○せい	○○じ	○○ぎ
行列	行政	行事	行儀
（行列）	（行政）	（活動、大事）	（禮儀、舉止）

—— 行 ぎょう

ぶ○○	いち○○	く○○	こう○○
奉行	一行	苦行	興行
（受命執行）	（文章的一行）	（苦行）	（娛樂業）

こう 行 ——

○○てい	○○どう	○○い	○○しん
行程	行動	行為	行進
（行程）	（行動）	（行為）	（行進）

—— 行 こう

ほ○○	ぎん○○	りょ○○	りゅう○○
歩行	銀行	旅行	流行
（歩行）	（銀行）	（旅行）	（流行）

ゆ 行 ——

○ さき	○ すえ	う ○	○ て
行き先	行く末	売れ行き	行く手
（目的地）	（將來、未來）	（銷售、銷路）	（前方）

い 行 ——

○	○ ど	○	○ づ
行く	行き止まり	行き	行き詰まる
（前往、到達）	（盡頭）	（去、往）	（停頓）

おこな 行 ——

○○○	○○○	○○○
行う	行い	行われる
（舉行）	（行為、品行）	（實施、進行）

特殊發音

ゆくえ
行方
（行蹤、去向）

從生活學習多音字詞

❶ 你們學校最盛大的活動是什麼？　　　　　【行事 / ぎょうじ】

❷ 新產品的銷售十分順利。　　　　　　　　【売れ行き / うれゆき】

❸ 這條路轉彎後就是盡頭。　　　　　　　　【行き止まり / いきどまり】

❹ 我家的貓從昨天開始行蹤不明。　　　　　【行方 / ゆくえ】

❺ 去那家大排長龍的可麗餅店吧。　　　　　【行列 / ぎょうれつ】【行く / いく】

❻ 這次國外旅遊的目的地是洛杉磯。　　　　【旅行 / りょこう】
　　　　　　　　　　　　　　　　　　　　【行き先 / ゆきさき】

---

❶ あなたの<ruby>学校<rt>がっこう</rt></ruby>の　<ruby>一番大<rt>いちばんおお</rt></ruby>きな　行事は　<ruby>何<rt>なに</rt></ruby>ですか。
　　　　　　　　　　（最盛大的）　　　（活動）

❷ <ruby>新商品<rt>しんしょうひん</rt></ruby>の　売れ行きは　とても<ruby>好調<rt>こうちょう</rt></ruby>です。
　　　　　　　　（銷售）　　　　　　（非常順利）

❸ この<ruby>道<rt>みち</rt></ruby>を　<ruby>曲<rt>ま</rt></ruby>がると　行き止まりです。
　　　　　（轉彎的話）　　　（盡頭、死路）

❹ <ruby>家<rt>うち</rt></ruby>の<ruby>猫<rt>ねこ</rt></ruby>が　<ruby>昨日<rt>きのう</rt></ruby>から　行方<ruby>不明<rt>ふめい</rt></ruby>なんです。
　　　　　　　（昨天開始）　　　（行蹤不明）

❺ 行列のできる　クレープ<ruby>屋<rt>や</rt></ruby>さんに　行きましょう。
　　（大排長龍的）　　　　（可麗餅店）　　　（去…地方吧，行く的勸誘形）

❻ <ruby>今回<rt>こんかい</rt></ruby>の<ruby>海外<rt>かいがい</rt></ruby>旅行の　行き先は　ロサンゼルスです。
　　　　　　　　　　　　（目的地）　　　　（洛杉磯）

文型

❶ 最盛大的活動是…　　　　　一番大きな行事は 名詞 です

❷ …情況很順利　　　　　　　名詞 は好調です

❸ 從…轉彎的話　　　　　　　名詞 を曲がると

❹ …的行蹤不明　　　　　　　名詞 が行方不明なんです

❺ 大排長龍的…　　　　　　　行列のできる 名詞

❻ 目的地是…　　　　　　　　行き先は 名詞 です

"新"在詞首、詞尾有不同發音

しんせい	あたら	あら	にいづま
新制	新しい	新た	新妻

發音＆位置，看清楚弄明白！

しん——

○○ぶん	○○かんせん	○○せい	○○き
新聞	新幹線	新制	新規
（報紙）	（新幹線）	（新制）	（全新的）

○○せん	○○しき	○○ねん	○○こう
新鮮	新式	新年	新興
（新鮮）	（新式）	（新年）	（新興）

——しん

かく○○	いっ○○	こう○○	さい○○
革新	一新	更新	最新
（革新）	（翻新）	（更新）	（最新）

い○○	かい○○	さっ○○
維新	改新	刷新
（明治維新）	（革新）	（刷新）

あたら——

○○○	○○○	○○○
新しい	新しく	新しがる
（新的）	（新）	（喜好時髦）

あら——

○○	○○ぼん	○○て
新た	新盆	新手
（新、重新）	（死者過世後的第一次盂蘭盆會）	（新手法）

にい——

○○がた	○○づま	○○ぼん
新潟	新妻	新盆
（地名）	（新婚妻子）	（死者過世後的第一次盂蘭盆會）

新

可參照九宮格速記本 P51

104

從生活學習多音字詞

❶ 請更新防毒軟體。 【更新 / こうしん】

❷ 用新鮮蔬菜做義大利麵吧。 【新鮮 / しんせん】

❸ 聽完社長的新年祝福後就開始工作。 【新年 / しんねん】

❹ 數位相機壞了，想要一台新的。 【新しい / あたらしい】

❺ 因為搬家，所以想重新訂閱報紙。 【新聞 / しんぶん】【新規 / しんき】

❻ 可以坐上越新幹線前往新潟。 【新潟 / にいがた】

【新幹線 / しんかんせん】

---

❶ セキュリティソフトを　更新してください。
　　（防毒軟體）　　　　　　　　（請更新）

❷ 新鮮な野菜を　使って　パスタを作りましょう。
　（新鮮蔬菜）　（使用）　　　（製作義大利麵吧）
　　　　　　　　　や さい　　つか　　　　　　　つく

❸ 社長の　新年の挨拶を　聞いてから　仕事を始めます。
　しゃちょう　　あいさつ　　　き　　　　しごと　　はじ
　　　　　（新年問候）　　（聽完之後）　　（開始工作）

❹ デジカメが壊れたので、新しいのが　欲しいです。
　　　　　　　こわ　　　　　　　　　　ほ
　（因為數位相機壞掉）　　　　　　（想要…）

❺ 引越したので、新聞を　新規購読しようと思います。
　ひっ こ　　　　　　　　こうどく　　　　おも
　（因為搬家）（報紙）　（我打算重新訂購）

❻ 新潟には　上越新幹線で　行くことができます。
　　　　じょうえつ　　　　い
　（利用上越新幹線）　　（可以前往）

文型 ———————————————————————————

❶ 請更新… 　　　　　　　名詞 を更新してください

❷ 來製作…吧 　　　　　　名詞 を作りましょう

❸ 聽完…之後 　　　　　　名詞 を聞いてから

❹ 想要某物 　　　　　　　名詞 が欲しいです

❺ 重新訂閱… 　　　　　　名詞 を新規購読します（購読する）

❻ 能夠搭乘…前往 　　　　交通工具 で行くことができます

"中" 在詞首、詞尾有不同發音

ちゅうこ	なかみ	せかいじゅう
中古	**中**身	世界**中**

發音 & 位置，看清楚弄明白！

ちゅう 中 ─

○○か	○○こ	○○ねん	○○し
中華	**中**古	**中**年	**中**止
(中華)	(二手)	(中年)	(中止)

○○しん	○○おう	○○たい	○○りつ
中心	**中**央	**中**退	**中**立
(中心)	(中央)	(休學)	(中立)

ちゅう ─ 中

ほんじつ○○	じっし○○	でんわ○○	さい○○
本日**中**	実施**中**	電話**中**	最**中**
(當天內)	(實施中)	(電話中)	(最盛、正…)

なか 中 ──

○○	○○み	○○にわ	○○やす
中	**中**身	**中**庭	**中**休み
(内部、中央)	(内容)	(中庭)	(中間休息)

○○なか	○○ゆび	○○ほど	○○だ
中々	**中**指	**中**程	**中**出し
(相當地)	(中指)	(中途、中間)	(體内射精)

なか ── 中

せ○○	さ○○	よ ○○	よ○○
背**中**	最**中**	世の**中**	夜**中**
(背後)	(最盛)	(社會)	(半夜)

じゅう ─ 中

せかい○○	ねん○○	みせ○○	いちにち○○
世界**中**	年**中**	店**中**	一日**中**
(全世界)	(一年之間)	(全店)	(一整天)

從生活學習多音字詞

❶ 今天的戶外演唱會因大雨而停止。　　　【中止／ちゅうし】

❷ 信用卡入會優惠活動現正實施中。　　　【実施中／じっしちゅう】

❸ 麥克傑克森的歌迷遍佈全世界。　　　　【世界中／せかいじゅう】

❹ 進入迪士尼樂園時，包包內容物要讓　　【中身／なかみ】
　人檢查。

❺ 半夜突然想吃中華料理。　　　【夜中／よなか】【中華／ちゅうか】

❻ 我一整天都在中庭除草。　　　　【一日中／いちにちじゅう】
　　　　　　　　　　　　　　　　　【中庭／なかにわ】

---

❶ 今日の　野外コンサートは　大雨で中止になりました。
　（戶外演唱會）　　　　　　（因為大雨而停止）

❷ クレジットカード　の　入 会キャンペーン　実施中です。
　（信用卡）　　　　　　　（入會優惠活動）

❸ マイケル・ジャクソン　の　ファンは　世界中にいます。
　（麥克傑克森）　　　　　（歌迷）　　（遍佈全世界都有人）

❹ ディズニー・ランドに入る時、　鞄 の中身を見せます。
　（進入迪士尼樂園時）　　　　　　（給別人看皮包內容物）

❺ 夜中に　突然、中華 料 理が食べたくなりました。
　（半夜）　　　　　（變得想吃中華料理）

❻ 一日中、中庭の　草むしりをしていました。
　（一整天）　　　　（一直持續在除草）

文型

❶ 因為…而停止　　　　　　　名詞 で中止になりました

❷ …活動正實施中　　　　　　名詞 キャンペーン実施中です

❸ 是某人的粉絲　　　　　　　某人 のファンです

❹ 進入某個地方時　　　　　　地點 に入る時

❺ 突然想吃…　　　　　　　　突然、名詞 が食べたくなりました

❻ 一整天都在做某事　　　　　一日中、名詞 をしていました

"正" 在詞首、詞尾有不同發音

せいしき	しょうがつ	ただ	まさ
正式	正月	正しい	正に

發音 & 位置，看清楚弄明白！

可參照九宮格速記本 P53

108

せい 正——

○○しき	○○かく	○○じょう	○○ざ
正式	正確	正常	正座
（正式）	（正確）	（正常）	（正座）

○○とう	○○かい	○○そう	○○か
正当	正解	正装	正価
（正當）	（正確答案）	（禮服）	（實價、定價）

——正 せい

しゅう○○	こう○○	ふ○○	てき○○
修正	更正	不正	適正
（修正）	（更正）	（不正當）	（適當）

しょう 正——

○○めん	○○ご	○○じき	○○がつ
正面	正午	正直	正月
（正面）	（正午）	（正直）	（正月）

——正 しょう

が○○	たい○○	りっ○○
賀正	大正	立正
（新年快樂）	（西元1912.7.30～1926.12.26）	（立正）

ただ 正——

○○	○○	○○
正しい	正す	正しさ
（正確的）	（改正、端正）	（合理、正確）

まさ 正——

○○	○○ゆめ
正に	正夢
（正好、即將）	（與事實吻合的夢）

從生活學習多音字詞

❶ 修正帶是很方便的文具。　　　　　【修正 / しゅうせい】

❷ 政治人物不可從事非法的行為。　　【不正 / ふせい】

❸ 我奶奶是大正年間出生的。　　　　【大正 / たいしょう】

❹ 如果日文說錯的話，請糾正我。　　【正す / ただす】

❺ 這家餐廳將於明天中午正式營業。　【正午 / しょうご】【正式 / せいしき】

❻ 請不要說謊，誠實地說出真話。　　【正直 / しょうじき】【正確 / せいかく】

---

❶ 修正テープは　とても　便利な文房具です。
　　（修正帶）　　　（非常）　　　　（方便的文具）

❷ 政治家は　不正行為をしてはいけません。
　せいじか　　　　　（不可以做非法的事）

❸ 私 の祖母は　大正生まれです。
　わたし　そぼ　　　（大正年間出生）

❹ もし　日本語を言い間違えたら、正してください。
　（如果）　（日文說錯的話）　　　　（請改正，正して是正す的て形）

❺ このレストランは　明日の正午、正式に開店します。
　（這家餐廳）　　　（明天中午）　　（正式開店營業）

❻ 嘘をつかないで、正直に、正確に話してください。
　（不要說謊）　　（誠實地）　　　（請說真話）

文型

❶ 是非常方便的…　　　　　　とても便利な 名詞 です

❷ 不可以做…　　　　　　　　名詞 をしてはいけません

❸ 出生於某一年代　　　　　　年代名 生まれです

❹ 如果…說錯的話　　　　　　もし 名詞 を言い間違えたら

❺ …時間點要正式開店　　　　時間點 正式に開店します

❻ 請正確的、真實的做…　　　正確に 動詞て形 ください

"主"在詞首、詞尾有不同發音

かぶ**ぬし** 株**主** ｜ **しゅ**えん **主**演 ｜ **おも** **主**に ｜ ぼう**ず** 坊**主**

發音＆位置，看清楚弄明白！

ぬし
――主

かぶ○○	かん○○	やとい○○	や○○
株**主**	神**主**	雇**主**	家**主**
（股東）	（神社的神官）	（雇主）	（房東）

しゅ
主――

○さい	○えん	○ちょ	○よう
主催	**主**演	**主**張	**主**要
（主辦）	（主演）	（主張）	（主要）

○じん	○ふ	○かん	○し
主人	**主**婦	**主**観	**主**旨
（對外稱呼 自己先生）	（家庭主婦）	（主觀）	（主旨）

しゅ
――主

じ○	こ○	くん○	てん○
自**主**	戸**主**	君**主**	店**主**
（自主）	（戶長）	（君主）	（老闆）

ぎょう○	じょう○	とう○	さい○
業**主**	城**主**	島**主**	債**主**
（業主）	（城主）	（島主）	（債主）

おも
主――

○○	○○	○○だ
主に	**主**な	**主**立つ
（主要）	（主要的）	（居首、為主）

ず
――主

ぼう○
坊**主**
（和尚、小男孩）

從生活學習多音字詞

❶ 職業運動選手在球季後也自動自發練 　【自主 / じしゅ】
　習。

❷ 「世界主要八大工業國領袖高峰會 　【主要 / しゅよう】
　議」一年召開一次。

❸ 那家店的蕎麥麵好吃，但店長很恐怖。 　【店主 / てんしゅ】

❹ 感冒了，主要症狀為咳嗽和流鼻水。 　【主な / おもな】

❺ 主演此電影的演員主要活躍於舞台。 　【主演 / しゅえん】【主に / おもに】

❻ 他主張自己沒有背叛雇主。 　【雇主 / やといぬし】【主張 / しゅちょう】

---

❶ プロスポーツ選手は　シーズンオフも　自主トレします。
　（職業運動選手）　　　　（球季後也…）　　　（自動自發練習）

❷ 主要国首脳会議は　年に１回、　開催されます。
　（世界八大工業國領袖高峰會議）（一年一次）　　　（被召開）

❸ あの店は　そばは美味しいですが、店主が　怖いです。
　　　　　（蕎麥麵雖然好吃，但…）　　　　　　（可怕）

❹ 風邪をひきました。主な　症状は　咳と鼻水です。
　（感冒了）　　　　　　　　（咳嗽和流鼻水）

❺ この映画の　主演俳優は、　主に　舞台で　活躍しています。
　　　　　（主演的演員）

❻ 彼は　雇主を　裏切っていない　と　主張しています。
　　　　　（沒有背叛）

文型

❶ 某人會自動自發練習　　　　　　　某人 は自主トレします
❷ …是一年召開一次　　　　　　　　名詞 は年に１回、開催されます
❸ 某人很恐怖、可怕　　　　　　　　某人 が怖いです
❹ 主要症狀為…　　　　　　　　　　主な症状は 名詞 です
❺ 某人活躍於某個領域　　　　　　　某人 は、 名詞 で活躍しています
❻ 沒有背叛某人　　　　　　　　　　某人 を裏切っていない

"直" 在詞首、詞尾有不同發音

| ちょくせつ
直接 | ちょっかん
直感 | なお
直す | す なお
素直 |

發音 & 位置，看清楚弄明白！

ちょく 直 —

○○そう	○○ばい	○○せつ	○○ぜん
直送	**直売**	**直接**	**直前**
（直送）	（直銷、直營）	（直接）	（眼前）

ちょく — 直

そつ○○	すい○○	や○○
率直	**垂直**	**夜直**
（率直）	（垂直）	（值夜班）

ちょっ 直 —

○○かく	○○けい	○○こう	○○かん
直角	**直径**	**直行**	**直感**
（直角）	（直徑）	（直行）	（直覺）

じき 直 — / **— じき 直**

○○ひつ	○○	○○じき	しょう○○
直筆	**直に**	**直々**	**正直**
（親筆）	（立即、馬上）	（直接、親自）	（明白、誠實）

なお 直 —

○○	○○	○○	○○き
直る	**直す**	**直し**	**直木**
（復原、改正）	（修理、矯正）	（修改、矯正）	（姓氏之一）

なお — 直

す○○
素直
（樸素、坦率）

ただ 直 —

○○	○○なか
直ちに	**直中**
（立刻、直接）	（正中間、當中）

特殊發音

ます **真っ直ぐ**
（立即、馬上）

從生活學習多音字詞

❶ 上網購買了產地直送的螃蟹。　　　　　【直送 / ちょくそう】

❷ 一直複習到考試開始的前一刻。　　　　【直前 / ちょくぜん】

❸ 我從家裡直接去機場。　　　　　　　　【直接 / ちょくせつ】

❹ 對喜歡的人，反而無法坦率面對。　　　【素直 / すなお】

❺ 如果發音有錯，請立刻說出來糾正我。　【直ち / ただち】【直す / なおす】

❻ 這條路直走，很快會看見學校。　　　　【真っ直ぐ / まっすぐ】

　　　　　　　　　　　　　　　　　　　【直に / じきに】

---

❶ インターネットで　産地直送の蟹を　買いました。
　（利用網際網路）

❷ テスト開始の直前　まで　復習していました。
　（考試開始之前）　　　（直到…）

❸ 私は　家から　直接、空港に行きます。
　　　　（從家裡）　　　　　　　（去機場）

❹ 好きな人に　対して　素直になれません。
　（喜歡的人）　（對於…）　　（變得無法坦率）

❺ 発音を間違えたら、直ちに　言い直してください。
　（發音錯誤的話）　　　（立即）　（請說出來糾正，直して是「直す」的て形）

❻ この道を　真っ直ぐ行くと、　直に　学校が見えてきます。
　　　　　（直直走的話）　　（馬上、很快）　（會看見學校）

文型

❶ 上網購買了…　　　　　　　　インターネットで 名詞 を買いました

❷ 一直到…時間點，都在複習　　時間 まで復習していました

❸ 某人直接去某地　　　　　　　某人 は直接、 地點 に行きます

❹ 無法變成為…　　　　　　　　な形容詞 になれません

❺ 弄錯…　　　　　　　　　　　名詞 を間違えました

❻ 很快會看見…　　　　　　　　直に 名詞 が見えてきます

"指" 在詞首、詞尾有不同發音

| しtei
指定 | ゆびさき
指尖 | さ
指す | めざ
目**指**し |

發音 & 位置，看清楚弄明白！

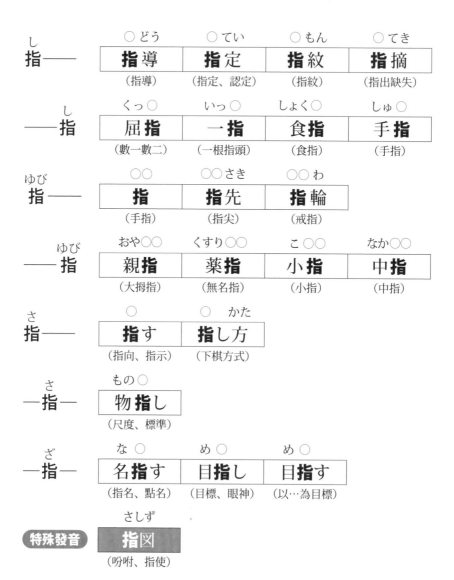

指——

○どう	○てい	○もん	○てき
指導	**指**定	**指**紋	**指**摘
（指導）	（指定、認定）	（指紋）	（指出缺失）

——指

くっ○	いっ○	しょく○	しゅ○
屈**指**	一**指**	食**指**	手**指**
（數一數二）	（一根指頭）	（食指）	（手指）

指——

○○	○○さき	○○わ
指	**指**先	**指**輪
（手指）	（指尖）	（戒指）

——指

おや○○	くすり○○	こ○○	なか○○
親**指**	薬**指**	小**指**	中**指**
（大拇指）	（無名指）	（小指）	（中指）

指——

○	○かた
指す	**指**し方
（指向、指示）	（下棋方式）

—指—

もの○
物**指**し
（尺度、標準）

—指—

な○	め○	め○
名**指**す	目**指**し	目**指**す
（指名、點名）	（目標、眼神）	（以…為目標）

特殊發音　さしず
指図
（吩咐、指使）

從生活學習多音字詞

❶ 參觀被認定為國家文化財的舊城堡。　　【指定 / してい】

❷ 今晚很冷，手指都凍僵了。　　　　　　【指 / ゆび】

❸ 那所學校對學生教育方針非常好。　　　【指導 / しどう】

❹ 爺爺教我將棋的下棋方式。　　　　　　【指し方 / さしかた】

❺ 我弟弟以日本首屈一指的壽司師傅為　　【屈指 / くっし】【目指す / めざす】
　目標。

❻ 她的無名指今天戴著訂婚戒指。　　　　【薬指 / くすりゆび】【指輪 / ゆびわ】

---

❶ 国（くに）の文化財（ぶんかざい）に 指定されている　お城（しろ）を　見学（けんがく）します。
　　　　　　　　　（被指定為）　　　　　（舊城堡）　　（參觀學習）

❷ 今夜（こんや）は　とても寒（さむ）いので、指がかじかんでいます。
　　　　　（因為非常冷）　　　　　　　　　（手指凍僵）

❸ あの学校（がっこう）の　生徒（せいと）指導（ほうしん）方針は　素晴（すば）らしいです。
　　　　　　　　　　　（學生教導方針）　　　　　（非常棒）

❹ おじいちゃんが　将棋（しょうぎ）の指し方を　教（おし）えてくれました。
　　（爺爺）　　　　（將棋的下棋方式）　　　　（教了我…）

❺ 私（わたし）の 弟（おとうと）は　日本（にほん）屈指　の　寿司職人（すししょくにん）を　目指（めざ）しています。
　　　　　　　　　　　　　（日本首屈一指）　　（壽司師傅）　　（以…為目標，目指して是「目指す」的て形）

❻ 彼女（かのじょ）は　今日（きょう）、薬指に　婚約（こんやく）指輪をはめています。
　　　　　　　　　　　（無名指）　　　（戴著訂婚戒指）

文型

❶ 參觀學習某個地方　　　　　　　　　 地點 を見学します

❷ 身體某部位凍僵了　　　　　　　　　 身體部位 がかじかんでいます

❸ …很出色、了不起　　　　　　　　　 名詞 は素晴らしいです

❹ 某人教我…　　　　　　　　　 某人 が 名詞 を教えてくれました

❺ 某人把…當作目標　　　　　　　　　 人 は 名詞 を目指しています

❻ 戒指戴在某一支手指上　　　　　　　 …指 に指輪をはめています

"重" 在詞首、詞尾有不同發音

じゅうよう	ちょうふく	おも	かさ
重要	重複	重い	重ねる

發音 & 位置，看清楚弄明白！

じゅう 重 —

○○だい	○○しょう	○○よう	○○りょく
重大	重症	重要	重力
（重大）	（重病）	（重要）	（重力）

— じゅう 重

げん○○	たい○○	ひ○○
厳重	体重	比重
（嚴格、嚴謹）	（體重）	（比重）

ちょう 重 —

○○ふく	○○ほう	○○じょう
重複	重宝	重畳
（重複）	（寶貝、珍惜）	（重疊）

— ちょう 重

ちん○○	き○○	しん○○	そん○○
珍重	貴重	慎重	尊重
（珍重）	（貴重）	（慎重）	（尊重）

おも 重 ——

○○	○○	○○	○○に
重い	重たい	重り	重荷
（重的）	（重的、沉重）	（重物）	（重擔）

—— え 重

いく○	ふた○	ここの○
幾重	二重	九重
（幾層、多層）	（雙層）	（九層）

かさ 重 ——

○○	○○
重ねる	重なる
（堆疊、層次）	（重複、重疊）

從生活學習多音字詞

1. 收到公司送來的十分重要的文件。 　　【重要 / じゅうよう】
2. 請把洗好的衣物摺好，重疊放在桌上。 　【重ねる / かさねる】
3. 松本結婚是今年的重大消息。 　　　　　【重大 / じゅうだい】
4. 他不尊重我的意見。 　　　　　　　　　【尊重 / そんちょう】
5. 是很珍貴的動物，所以要嚴謹管理。 　　【貴重 / きちょう】【厳重 / げんじゅう】
6. 我的體重比爸爸重。 　　　　　　　　　【体重 / たいじゅう】【重い / おもい】

---

1. 会社から　とても重要な　書類が届きました。
   （從公司）　　（非常重要的）　　（送達文件）

2. 洗濯物をたたんで、　机 の上に　重ねて置いてください。
   （洗好的衣物摺疊好）　　　　（請重疊放置，重ねて是重ねる的て形）

3. 松本さんの結婚は　今年の　重大ニュースです。
   　　　　　　　　　　　　　　（重大消息）

4. 彼は　私 の意見を　尊重してくれません。
   　　　（我的意見）　　　（沒有給予尊重）

5. とても　貴重な動物なので　厳重に　管理します。
   　　　　（因為是珍貴的動物）　（嚴格、嚴謹）

6. 私 は　父より　体重が　重いです。
   　　　（比爸爸）

文型

1. 收到…文件、書信　　　 文件、書信 から届きました
2. 摺疊衣物　　　　　　　 衣物 をたたみます
3. 是…的重大消息　　　　 名詞 の重大ニュースです
4. 不尊重我的…　　　　　私の 名詞 を尊重してくれません
5. 是非常珍貴的…　　　　とても貴重な 名詞 です
6. 比某人（體重）重　　　 某人 より重いです

ちゃくよう	したぎ	き	つ
着用	下着	着る	着く

發音＆位置，看清楚弄明白！

ちゃく ―

	○○じつ	○○ちゃく	○○よう	○○りく
	着実	着々	着用	着陸
	（穩健）	（進展順利）	（穿戴）	（飛機登陸）
	○○ふく	○○もく	○○えき	○○い
	着服	着目	着駅	着衣
	（穿衣、貪污）	（著眼）	（到站）	（穿衣）

― ちゃく

	し○○	いっ○○	よじ○○	とう○○
	試着	一着	4時着	到着
	（試穿）	（一件衣服、馬拉松冠軍）	（四點到達）	（到達）

― ぎ

	さぎょう○	ふる○	した○	うわ○
	作業着	古着	下着	上着
	（工作服）	（舊衣服）	（內衣）	（外套）
	ふゆ○	はる○	しごと○	すう○
	冬着	春着	仕事着	薄着
	（冬裝）	（春裝）	（工作服）	（穿得很輕薄）

き ―

	○	○	○もの	○
	着る	着せる	着物	着こなし
	（穿、承受）	（給某人穿上）	（和服）	（穿法）

つ ―

	○	○	○つ
	着く	着ける	着付け
	（抵達、入席）	（穿）	（穿著）

從生活學習多音字詞

❶ 飛機預定下午四點鐘抵達。　　　　　　【到着 / とうちゃく】

❷ 開車、坐車時要繫安全帶。　　　　　　【着用 / ちゃくよう】

❸ 你的日文在穩定進步中唷。　　　　　　【着実 / ちゃくじつ】

❹ 再五分鐘就會到達約定的地點。　　　　【着く / つく】

❺ 今年冬天想買一件外套。　　　　　　　【上着 / うわぎ】【一着 / いっちゃく】

❻ 現在，能夠正確穿好和服的人，是很　　【着物 / きもの】【着付け / きつけ】
　 少的。

---

❶ 飛行機は、午後　四時到着　の　予定です。
　　（四點抵達）

❷ 自動車に乗る時は、シートベルトを　着用します。
　　（開車、坐車時）　　　　（安全帶）　　　　（穿戴、繫）

❸ あなたの日本語は　着実に　進歩していますよ。
　　　　　　　　　　（穩定地）　（正在進步）

❹ あと五分で、約束の場所に　着きます。
　　（再五分鐘）　（約定的地點）　（抵達、到達，着く的ます體）

❺ 今年の冬は、上着を　一着、買いたいです。
　　　　　　　（外套）（一件）　（想購買…）

❻ 現在、着物の着付けが　できる人は　少ないです。
　　　　（把和服穿好）　　（可以完成的人）　（是很少的）

文型

❶ 預計幾點到達　　　　　　幾點 到着の予定です

❷ 穿戴…、繫…　　　　　　衣帶 を着用します

❸ …在進步中　　　　　　　名詞 は進歩しています

❹ 到達某處　　　　　　　　地點 に着きます

❺ 想買…　　　　　　　　　名詞 を買いたいです

❻ 可以完成…的人，是很少的　名詞 ができる人は少ないです

"戦"在詞首、詞尾有不同發音

せん ご	いくさ	たたか
戦後	戦	戦い

發音＆位置，看清楚弄明白！

せん――

○○そう	○○ごく	○○らん	○○ご
戦争	戦国	戦乱	戦後
（戰爭）	（戰國）	（戰亂）	（戰爭後、二次世大戰後）

○○ち	○○りゃく	○○しゃ	○○し
戦地	戦略	戦車	戦士
（戰地）	（戰略）	（戰車）	（戰士）

○○じょう	○○ぱん	○○せん	○○りょく
戦場	戦犯	戦線	戦力
（戰場）	（戰犯）	（戰線）	（軍力、兵力）

――戦

かい○○	かん○○	けっ○○	さく○○
開戦	観戦	決戦	作戦
（開戰）	（觀戰）	（決戰）	（作戰）

こう○○	ちょう○○
交戦	挑戦
（交戰）	（挑戰）

いくさ
戦――

○○○
戦
（戰鬥、戰爭）

いくさ
――戦

か　○○○
勝ち戦
（勝戰）

たたか
戦――

○○○	○○○	○○○
戦い	戦う	戦える
（戰鬥、鬥爭）	（作戰、搏鬥）	（有能力作戰）

從生活學習多音字詞

❶ 我想挑戰國家考試的「緊急救護技術員」執照。 　【挑戰 / ちょうせん】

❷ 去美國看 NBA 球賽。 　【観戦 / かんせん】

❸ 織田信長是日本戰國時代很有名的領主。 　【戦国 / せんごく】

❹ 戰後日本人的飲食習慣變化很大。 　【戦後 / せんご】

❺ 太平洋戰爭於 1941 年開戰。 　【戦争 / せんそう】【開戦 / かいせん】

❻ 今天的比賽因為能按照作戰策略進行對戰，所以獲勝。 　【作戦 / さくせん】【戦る / たたかえる】

---

❶ 救急救命士 の 国家試験に 挑戦しようと思います。
　（緊急救護技術員） 　　　　　　　　（我想挑戰…）

❷ ＮＢＡを観戦しに アメリカに行きます。
　（観看 NBA 比賽） 　　　　（去美國）

❸ 織田信長は とても 有名な 戦国大名 です。
　　　　　　　（非常） 　　　　（戰國時代的領主）

❹ 戦後、日本人の 食生活は 大きく変わりました。
　　　　　　　（飲食生活習慣） 　　（變化很大）

❺ 太平洋戦争は １ ９ ４ １ 年に 開戦しました。

❻ 今日の 試合は 作戦通りに 戦えた ので、勝ちました。
　（比賽） 　（按照作戰策略）（有能力作戰，戰え 　　（獲勝了）
　　　　　　　　　　　　　　　る的た形過去式）

文型

❶ 我想挑戰… 　　　　　　　 名詞 に挑戦しようと思います

❷ 去觀看比賽、競技 　　　 比賽、競技 を観戦しに行きます

❸ 非常有名的… 　　　　　 とても有名な 名詞 です

❹ …有了很大的變化 　　　 名詞 は大きく変わりました

❺ 某戰爭開戰了 　　　　　 戦争 は開戦しました

❻ 按照…、完全如同…一樣 　 名詞 通りに

"出" 在詞首、詞尾有不同發音

しゅつえん	しゅっこく	で	だ
出演	**出**国	**出**る	**出**す

發音 & 位置，看清楚弄明白！

しゅつ—	○○がん	○○えん	○○げん	○○じょう
	出願	**出**演	**出**現	**出**場
	（申請）	（演出）	（出現）	（出場）

—しゅつ	しん○○	ゆ○○	がい○○	さん○○
	進**出**	輸**出**	外**出**	産**出**
	（邁向新階段）	（輸出）	（外出）	（出產）

しゅっ—	○○ぱん	○○しん	○○こく	○○ぴ
	出版	**出**身	**出**国	**出**費
	（出版）	（出生地、畢業）	（出國）	（開銷）

	○○けつ	○○きん	○○ぱつ	○○せき
	出欠	**出**勤	**出**発	**出**席
	（出缺席）	（上班）	（出發）	（出席）

で—／—で	○	○ぐち	○あ	おも　○
	出る	**出**口	**出**会う	思い**出**
	（出去、出席）	（出口）	（遇見）	（回憶、紀念）

だ—	○
	出す
	（出現、拿出）

—だ出—	おも　○	み○	ひ　○	い　○
	思い**出**す	見**出**し	引き**出**し	言い**出**す
	（想起）	（標題、目錄）	（抽屜）	（說出口）

	おも　○
	思い**出**せる
	（能夠想起、想得出來）

從生活學習多音字詞

1. 我終於能上電視演出了。　　　　　　　【出演 / しゅつえん】
2. 贏了這場比賽，邁向決賽吧！　　　　　【進出 / しんしゅつ】
3. 下星期要去出版社面試。　　　　　　　【出版 / しゅっぱん】
4. 兒子說以後想當太空人。　　　　　　　【言い出す / いいだす】
5. 我不記得是何時和你相遇。　　　　　　【出会う / であう】
　　　　　　　　　　　　　　　　　　　　【思い出せません / おもいだせません】
6. 從抽屜裡拿出手帕給我好嗎？　　　　　【引き出し / ひきだし】
　　　　　　　　　　　　　　　　　　　　【出す / だす】

---

1. 私 は　とうとう　テレビに 出演する　ことができました。
　　（終於）　　（上電視演出）　　（能夠做…）

2. この試合に　勝って、決勝戦に　進出しましょう。
　（這場比賽）　（獲勝）　（決賽）　　（進入…吧）

3. 来週、出版社の　面接に行きます。
　　　　　　　　　　　（去面試）

4. 息子が　宇宙飛行士に　なりたいと　言い出しました。
　（兒子）　（太空人）　（想成為…）　（說出，言い出す的ます體
　　　　　　　　　　　　　　　　　　「言い出します」的過去式）

5. あなたと　いつ出会ったか　思い出せません。
　（和你）（何時相遇，出会う的過去式）（想不起來，思い出せる的ます體
　　　　　　　　　　　　　　　　　　「思い出せます」的否定）

6. 引き出しから　ハンカチを　出してくれますか。
　（從抽屜）　　（手帕）　（能幫我拿嗎，出して是「出す」的て形）

文型

1. 終於能做某事　　　　とうとう ［動詞原形］ ことができました
2. 邁向某階段吧　　　　［名詞］ に進出しましょう
3. 參加某公司的面試　　［公司行號］ の面接に行きます
4. 想成為…　　　　　　［名詞］ になりたい
5. 和某人相遇了　　　　［某人］ と出会った
6. 幫我拿出…好嗎　　　［某物］ を出してくれますか

せいじん | なた | じょうじゅ
成人 | **成り立つ** | **成就**

發音 & 位置，看清楚弄明白！

せい
成 ——

○○りつ	○○せき	○○ちょう	○○こう
成立	**成績**	**成長**	**成功**
（成立）	（成績）	（成長）	（成功）

○○じん	○○か	○○ぶん	○○こん
成人	**成果**	**成分**	**成婚**
（成人）	（成果）	（成分）	（結婚）

○○いく	○○ひ	○○ちゅう	○○けい
成育	**成否**	**成虫**	**成形**
（生育、生長）	（成功與否）	（成蟲）	（成形）

せい
—— 成

ごう○○	けい○○	さく○○	さん○○
合成	**形成**	**作成**	**賛成**
（合成）	（形成）	（製作）	（贊成）

かん○○	へん○○
完成	**編成**
（完成）	（組織）

な
成 ——

○	○ほど	○た	○べ
成る	**成る程**	**成り立つ**	**成る可く**
（完成）	（誠然、原來）	（成立）	（盡量）

じょう
成 ——

○○じゅ	○○ぶつ
成就	**成仏**
（成就）	（往生）

從生活學習多音字詞

❶ 每年一月第二個星期一是「成人日」。　　【成人 / せいじん】

❷ 我無法贊同你的意見。　　　　　　　　【贊成 / さんせい】

❸ 這學期沒用功唸書，所以成績下滑。　　【成績 / せいせき】

❹ 第一次完成網頁。　　　　　　　　　　【作成 / さくせい】

❺ 到神社祈求戀愛成功之後，就告白成　　【成就 / じょうじゅ】【成功 / せいこう】
　　功了。

❻ 因為人員重新編制，所以有好的成果。　【編成 / へんせい】【成果 / せいか】

---

❶ 毎年1月　第2月曜日は　成人の日です。
　　まいとしいちがつ　だいにげつようび　　　　ひ
　　（第二個星期一）

❷ 私は　あなたの意見に　賛成できません。
　　わたし　　　　　いけん
　　　　　　　　　　　　　（無法贊同）

❸ 今学期は　勉強しなかったので、成績が落ちました。
　　こんがっき　べんきょう　　　　　　　　　　　　お
　　（因為沒用功唸書）　　　　　　　　（成績下滑）

❹ 初めて　ホームページを　作成しました。
　　はじ
　　（第一次）　（網頁）　　　　（完成）

❺ 神社で　恋愛成就祈願をしたら、告白が　成功しました。
　　じんじゃ　れんあい　きがん　　　　こくはく
　　　　　　（祈求戀愛成功之後）

❻ メンバーを　再編成した　ので、成果が出てきました。
　　　　　　　さい　　　　　　　　　　で
　　（人員）　（重新組織）　（因為）　（成效顯現）

文型

❶ 1月幾號是…節日　　　　　1月 [日期] は [節日名] です
❷ 我無法贊同…　　　　　　私は [名詞] に賛成できません
❸ 某段期間成績下滑了　　　[某段期間] は成績が落ちました
❹ 第一次完成　　　　　　　初めて [名詞] を作成しました
❺ …成功了　　　　　　　　[名詞] が成功しました
❻ 重新編制…　　　　　　　[名詞] を再編成しました（再編成した）

じょうず	うわぎ	かみき	あ
上手	上着	上期	上げる

發音 & 位置，看清楚弄明白！

じょう —

○○きゅう	○○ず	○○えい	○○じゅん
上級	上手	上映	上旬
（上級）	（高明、擅長）	（上映）	（上旬）

— じょう

ちょう○○	い○○	こう○○	すい○○
頂上	以上	向上	水上
（山頂）	（以上）	（向上）	（水上）

うわ ——

○○ぎ	○○て	○○む	○○まわ
上着	上手	上向き	上回る
（外套）	（比別人高明）	（向上、朝上）	（超過）

—— うえ

○○	ひだり○○	め○○	みぎ○○
上	左上	目上	右上
（上面）	（左上方）	（上級、長輩）	（右上方）

のぼ 上——

○○	○○ざか	○○	○○れっしゃ
上る	上り坂	上り	上り列車
（登、爬上）	（上坡路）	（登高、上行）	（上行列車）

かみ 上——

○○	○○き	○○ざ	○○て
上	上期	上座	上手
（上部、上游）	（上半年）	（上座）	（上座、上游）

—— かみ

むら○○	お○○	かわ○○
村上	御上	川上
（姓氏之一）	（朝廷、主人）	（上游）

あ 上——

○	○	○	○しお
上げる	上がる	上がり	上げ潮
（攀、提升）	（上升、進入）	（上漲、完成）	（漲潮）

—あ上—

うり○	とり○	つけ　○
売上げ	取上げ	付け上がる
（銷售）	（提出）	（得意忘形）

從生活學習多音字詞

❶ 五月上旬的天氣還不熱。　　　　　　【上旬 / じょうじゅん】

❷ 我和他的關係是「友達以上，戀人未　【以上 / いじょう】
　滿」。

❸ 天氣變暖和了，不披外套也可以。　　【上着 / うわぎ】

❹ 我的編織技巧變好了。　　　　　　　【上手 / じょうず】

❺ 上半年的營業額超過去年同時期。　　【上期 / かみき】【売り上げ / うりあげ】
　　　　　　　　　　　　　　　　　　【上回る / うわまわる】

❻ 上司或年長者坐在上座。　　　　　　【上司 / じょうし】【目上 / めうえ】
　　　　　　　　　　　　　　　　　　【上座 / かみざ】

---

❶ ５月 上旬は　まだ　暑くありません。
　ごがつ　　　（還…）　あつ（不熱）

❷ わたしと彼は　友達以上、恋人未満の　関係です。
　　　かれ（我和他）ともだち　こいびとみまん　　かんけい

❸ 暖 かくなったので、上着を羽織らなくてもいいです。
　あたた（因為變暖和了）　　　　はお（不披外套也可以）

❹ わたしは　編み物が　上手になりました。
　　　　　あ もの（編織衣物）　（變好、變得熟練）

❺ 上期の売上げは　去年の同時期を　上回りました。
　（上半年的營業額）きょねん どうじき（超過，上回る的ます體
　　　　　　　　　　　　　　　　　　「上回ります」的過去式）

❻ 上司や目上の方が　上座に座ります。
　　　　　　ほう（地位高或年長的人）すわ（坐在上座）

文型

❶ 幾月時的天氣不熱　　　　　　…月 は暑くありません

❷ 我和他是…的關係　　　　　　わたしと彼は 名詞 の関係です

❸ 不披上…衣物也可以　　　　　衣物 を羽織らなくてもいいです

❹ …變得熟練優秀了　　　　　　名詞 が上手になりました

❺ 營業額超過某段時期　　　　　売上げは 某段時期 を上回りました

❻ 某人要坐在上座　　　　　　　名詞 が上座に座ります

"世" 在詞首、詞尾有不同發音

せい ろん | せ わ | よ よ
世論 | **世話** | **世々**

發音 & 位置，看清楚弄明白！

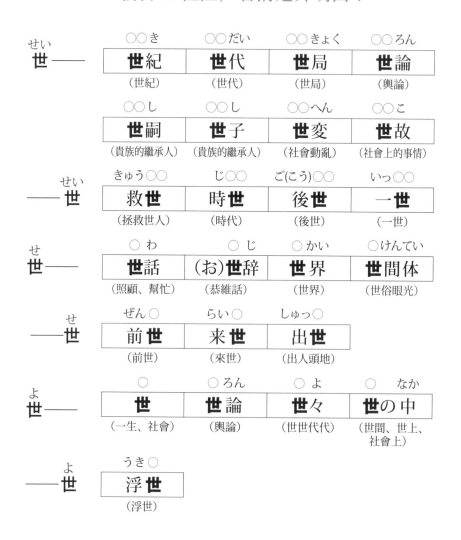

せい
世——

○○き	○○だい	○○きょく	○○ろん
世紀	**世**代	**世**局	**世**論
（世紀）	（世代）	（世局）	（輿論）

○○し	○○し	○○へん	○○こ
世嗣	**世**子	**世**変	**世**故
（貴族的繼承人）	（貴族的繼承人）	（社會動亂）	（社會上的事情）

——世

きゅう○○	じ○○	ご(こう)○○	いっ○○
救**世**	時**世**	後**世**	一**世**
（拯救世人）	（時代）	（後世）	（一世）

せ
世——

○わ	○じ	○かい	○けんてい
世話	（お）**世**辞	**世**界	**世**間体
（照顧、幫忙）	（恭維話）	（世界）	（世俗眼光）

——世

ぜん○	らい○	しゅっ○	
前**世**	来**世**	出**世**	
（前世）	（來世）	（出人頭地）	

よ
世——

○	○ろん	○よ	○ なか
世	**世**論	**世**々	**世**の中
（一生、社會）	（輿論）	（世世代代）	（世間、世上、社會上）

——世

うき○
浮**世**
（浮世）

世

可參照九宮格速記本 P64

128

從生活學習多音字詞

① 21 世紀被稱為「中國的世紀」。 　　　　【世紀 / せいき】
② 就算是客套話，也很感謝您的讚美。 　　【お世辞 / おせじ】
③ 根據占卜結果，我的前世是羊。 　　　　【前世 / ぜんせ】
④ 花卉博覽會裡能看到世界各國的花卉。 　【世界 / せかい】
⑤ 社會上有許多熱心助人的阿姨小姐。 　　【世の中 / よのなか】【世話 / せわ】
⑥ 介意世俗眼光的人無法出人頭地。 　　　【世間体 / せけんてい】
　　　　　　　　　　　　　　　　　　　　【出世 / しゅっせ】

---

① ２１ 世紀は　中国の世紀　といわれています。
　　　　　　　　　　　　　　　（被稱為…）

② お褒めのお言葉は、　お世辞でも　ありがたいです。
　　（您讚美的話）　　（就算是客套話也…）　　（感謝）

③ 占いによると、　私の前世は　羊　でした。
　　（根據占卜結果）

④ 花博では、世界中の花を　見ることができます。
　　　　　　　　　　　　　　（能夠看到）

⑤ 世の中には　世話好きな　おばさんが　多いです。
　　　　　　　　（熱心助人的）　　（阿姨小姐）

⑥ 世間体を　気にする人は、出世できません。
　　（世俗眼光）　（介意的人）　　（無法出人頭地）

文型 ───

① 被稱為… 　　　　　　　　 名詞 といわれています
② 十分感謝某事 　　　　　　 名詞 はありがたいです
③ 根據… 　　　　　　　　　 名詞 によると
④ 能夠看到… 　　　　　　　 名詞 を見ることができます
⑤ 很多熱心助人的… 　　　　 世話好きな 角色、身份 が多いです
⑥ 介意… 　　　　　　　　　 名詞 を気にします（気にする）

"手" 在詞首、詞尾有不同發音

しゅ わ	て がみ	た ぐ
手話	手紙	手繰る

發音 & 位置，看清楚弄明白！

しゅ
手——

○ だん	○ じゅつ	○ どう	○ わ
手段	手術	手動	手話
(手段)	(手術)	(手動)	(手語)

○ ほう	○ こう	○ げい	○ き
手法	手工	手芸	手記
(手法)	(手工)	(手藝)	(手記)

しゅ
——手

せん ○	か ○	うんてん ○	にゅう ○
選手	歌手	運転手	入手
(選手)	(歌手)	(司機)	(取得、到手)

とう ○	じょ ○	あく ○	あく ○
投手	助手	悪手	握手
(投手)	(助手)	(下了壞棋)	(握手)

て
手——

○がみ	○じゅん	○ほん	○つだ
手紙	手順	手本	手伝う
(信紙)	(順序)	(範本)	(助手、幫忙)

て
——手

あい○	かっ○	から○	きっ○
相手	勝手	空手	切手
(對手)	(任意、隨便)	(空手道)	(郵票)

た
手——

○ ぐ	○づな	○ む	○ お
手繰る	手綱	手向け	手折る
(拉、追溯)	(限制)	(餞別)	(採折)

從生活學習多音字詞

① 我媽媽定期去上手語課。　　　　　　　【手話 / しゅわ】
② 請依照程序進行作業。　　　　　　　　【手順 / てじゅん】
③ 因為是手動門，一直等也不會開唷。　　【手動 / しゅどう】
④ 他為了出人頭地不擇手段。　　　　　　【手段 / しゅだん】
⑤ 敵對隊伍的選手，身高比我們高。　　　【相手 / あいて】【選手 / せんしゅ】
⑥ 我拿到最喜歡的歌手的簽名了。　　　　【歌手 / かしゅ】【入手 / にゅうしゅ】

---

① わたしの母は　手話 教 室に　通っています。
　　　　　　（手語教室）　　　　（定期去…）

② 作 業は　手順どおりに　行ってください。
　　　　　（依照順序、程序）　　（請進行、請實行）

③ 手動ドアですから、待っていても　開きませんよ。
　　（因為是手動門）　　（一直等著也）　　（不會開啟）

④ 彼は　出 世のためには　手段を選びません。
　　　　（為了出人頭地）　　　（不擇手段）

⑤ 相手チームの選手は　わたしたちより　背が高いです。
　　（敵對隊伍的選手）　　　　（比我們）　　　（身材高）

⑥ 私は　大好きな歌手のサインを　入手しました。
　　　　（最喜歡的歌手的簽名）　　　（得到了）

文型

① 定期上…課程　　　　　　　名詞 教室に通っています
② 請依照…進行　　　　　　　名詞 どおりに行ってください
③ 一直等也不會…　　　　　　待っていても 動詞否定形　ない
④ 某人不擇手段　　　　　　　某人 は手段を選びません
⑤ 某人身材高　　　　　　　　某人 は背が高いです
⑥ 某人獲得了…　　　　　　　某人 は 名詞 を入手しました

"仕" 在詞首、詞尾有不同發音

しごと	きゅうじ	つか
仕事	給**仕**	**仕**える

發音＆位置，看清楚弄明白！

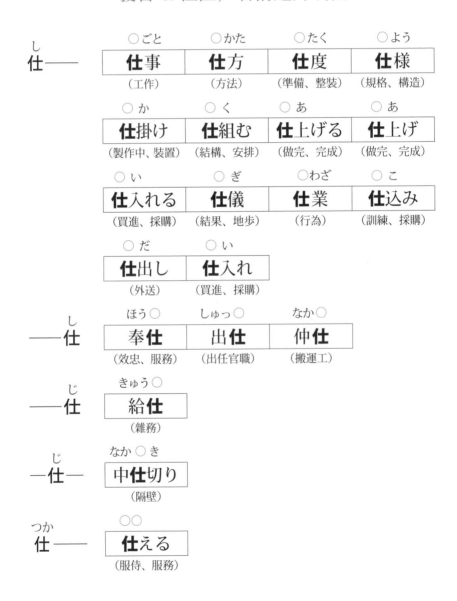

し──

○ごと	○かた	○たく	○よう
仕事	**仕**方	**仕**度	**仕**様
（工作）	（方法）	（準備、整裝）	（規格、構造）

○か	○く	○あ	○あ
仕掛け	**仕**組む	**仕**上げる	**仕**上げ
（製作中、裝置）	（結構、安排）	（做完、完成）	（做完、完成）

○い	○ぎ	○わざ	○こ
仕入れる	**仕**儀	**仕**業	**仕**込み
（買進、採購）	（結果、地步）	（行為）	（訓練、採購）

○だ	○い
仕出し	**仕**入れ
（外送）	（買進、採購）

──し

ほう○	しゅっ○	なか○
奉**仕**	出**仕**	仲**仕**
（效忠、服務）	（出任官職）	（搬運工）

──じ

きゅう○
給**仕**
（雜務）

─じ─

なか○き
中**仕**切り
（隔壁）

つか
仕──

○○
仕える
（服侍、服務）

從生活學習多音字詞

❶ 暑假參加了當地的義務服務活動。　　　　【奉仕 / ほうし】

❷ 今天買了鯖魚和白帶魚。　　　　　　　　【仕入れる / しいれる】

❸ 這項魔術沒有任何機關。　　　　　　　　【仕掛け / しかけ】

❹ 肚子餓了，所以趕快準備飯菜。　　　　　【仕度 / したく】

❺ 傍晚前完成工作，然後去唱 KTV。　　　　【仕事 / しごと】

　　　　　　　　　　　　　　　　　　　　【仕上げる / しあげる】

❻ 我不知道台灣規格的手機發送簡訊的　　　【仕様 / しよう】【仕方 / しかた】
　方法。

---

❶ 夏休みは　地元の　奉仕活動に　参加しました。
　（なつやす）（じもと）（かつどう）（さんか）
　（暑假）　　（當地的）　（義務服務活動）

❷ 今日は　鯖と太刀魚を　仕入れました。
　（きょう）（さば）（たちうお）
　　　　　（鯖魚與白帶魚）（購買了，仕入れる 的ます體「仕入れます」的過去式）

❸ このマジックには　種　も　仕掛け　も　ありません。
　　　　　　　　　（たね）
　（這項魔術裡）（隱藏的裝置）（也）（機關）（也）（沒有）

❹ おなかがすいたので、急いで　食事の仕度をします。
　　　　　　　　　　　　　（いそ）（しょくじ）
　（因為肚子餓）　　　　（趕快）　（準備飯菜）

❺ 仕事を　夕方までに　仕上げて、　カラオケに行きます。
　　　　　（ゆうがた）　　　　　　　　　　（い）
　（傍晚之前）（結束，仕上げて是　　（去唱 KTV）
　　　　　　　「仕上げる」的て形）

❻ 台湾仕様の携帯電話は　メールの仕方が　わかりません。
　（たいわん）（けいたいでんわ）
　（台灣規格的手機）　（使用簡訊的方法）　（不知道）

文型

❶ 參加了…　　　　　　　　名詞 に参加しました

❷ 購買了…　　　　　　　　名詞 を仕入れました

❸ 也沒有…　　　　　　　　名詞 もありません

❹ 準備…　　　　　　　　　名詞 の仕度をします

❺ …時間點之前完成　　　　某時間 までに仕上げます

❻ 我不知道…　　　　　　　名詞 がわかりません

"実"在詞首、詞尾有不同發音

じつげん	じっさい	みい	みの
実現	実際	実入り	実り

發音＆位置，看清楚弄明白！

じっ 実──

○○ぶつ	○○げん	○○	○○よう
実物	実現	実は	実用
（實物）	（實現）	（其實）	（實用）

○○う	○○めい	○○がい	○○わ
実有	実名	実害	実話
（實在）	（本名）	（實際損害）	（實話）

──じつ 実

じ○○	かく○○	か○○	じゅう○○
事実	確実	果実	充実
（事實）	（確實）	（果實）	（充實）

じっ 実──

○○か	○○さい	○○し	○○こう
実家	実際	実施	実行
（娘家、老家）	（實際）	（實施）	（實行）

○○けん	○○せん	○○しゅう	○○さい
実験	実践	実習	実際
（實驗）	（實踐）	（實習）	（實際）

み 実──

○	○い
実	実入り
（果實、內容）	（成果、收入）

みの 実──

○○	○○
実る	実り
（結果實、有成果）	（結果、成果）

從生活學習多音字詞

❶ 山田實現了成為職業棒球選手的夢 　【実現 / じつげん】
想。

❷ 博物館有與實物同等大小的恐龍模 　【実物 / じつぶつ】
型。

❸ 他所說的與事實不符。 　　　　　　【事実 / じじつ】

❹ 其實，我太太比我還會賺錢。 　　　【実は / じつは】

❺ 秋天是結果的季節，能吃到很多水果。　【実り / みのり】【果実 / かじつ】

❻ 暑假時，每天在老家過得很充實。 　【実家 / じっか】【充実 / じゅうじつ】

---

❶ 山田君は　プロ野球選手になる　夢を　実現しました。
（成為職業棒球選手）

❷ 博物館には　実物大の恐竜の模型が　あります。
（與恐龍同等大小的模型）　　　（有）

❸ 彼の言っていることは、　事実と異なります。
（他說的話）　　　　　　（與事實不同）

❹ 実は、わたしより　妻のほうが稼いでいます。
（與我相比）　　　（太太比較會賺錢）

❺ 秋は　実りの季節で、多くの果実が　食べられます。
（結果的季節）　　（很多水果）　　（可以吃、吃得到）

❻ 夏休みは　実家で　充実した日々　を　過ごしました。
（暑假）　（老家）　（充實的每一天）　　（度過了）

文型

❶ 某人實現了夢想　　　　　　　　　| 某人 |は夢を実現しました

❷ 與實物同等大小的…的模型　　　　実物大の| 名詞 |の模型

❸ …與事實不符　　　　　　　　　　| 名詞 |は、事実と異なります

❹ 某人比較會賺錢　　　　　　　　　| 某人 |のほうが稼いでいます

❺ 秋天是…的季節　　　　　　　　　秋は| 名詞 |の季節

❻ …期間，每天過得充實　　　　　　| 某段期間 |は充実した日々を過ごしました

せい　かつ　　　なま　もの　　　い　　　　　う
生活　｜　**生**物　｜　**生**きる　｜　**生**まれる

發音＆位置，看清楚弄明白！

	○○ぶつ	○○かつ	○○と	○○ねんがっぴ
せい 生——	**生**物 （生物）	**生**活 （生活）	**生**徒 （學生）	**生**年月日 （出生年月日）
	○○ぞん	○○し	○○き	○○ち
	生存 （生存）	**生**死 （生死）	**生**気 （朝氣）	**生**地 （出生地）

	じん○○	がく○○	さい○○	せん○○
せい ——生	人**生** （人生）	学**生** （學生）	再**生** （播放）	先**生** （老師、醫生、律師）

	○○もの	○○たまご	○○えんそう	○○
なま 生——	**生**物 （未加工的生鮮食物）	**生**卵 （生蛋）	**生**演奏 （現場演奏）	**生**ビール （生啤酒）
	○○き	○○ごめ	○○いき	○○づめ
	生木 （活的樹）	**生**米 （生米）	**生**意気 （自大的）	**生**爪 （指甲）

	○	○かた	○	○もの
い 生——	**生**きる （活著、誕生）	**生**き方 （生活方式）	**生**き**生**きと （栩栩如生）	**生**き物 （生物）
	○	○ばな		
	生ける （使生存、插花）	**生**け花 （插花）		

	○	○	○おや	○だ
う 生——	**生**まれる （出生、出產）	**生**まれ （出生、出身）	**生**みの親 （親生父母、發明人）	**生**み出す （生、產生）

從生活學習多音字詞

❶ 在演唱會上聽現場演奏。　　　　　　【生演奏 / なまえんそう】

❷ 請在這裡寫下你的名字與出生年月日。　【生年月日 / せいねんがっぴ】

❸ 萊特兄弟是飛機的發明者。　　　　　　【生みの親 / うみのおや】

❹ 澤田的畫作將動物描繪得栩栩如生。　　【生き生きと / いきいきと】

❺ 工作之後，一口氣喝完生啤酒。　　　　【生ビール / なまビール】

❻ 請盡情享受四年大學生生活。　　　　　【学生 / がくせい】【生活 / せいかつ】

---

❶ コンサートで　生演奏を聞きました。
　　（演唱會）　　　　　　　（聽了現場演奏）

❷ ここに　あなたの名前と生年月日を　書いてください。
　　　　　（你的姓名與出生年月日）　　　　　　（請寫下）

❸ ライト兄弟は　飛行機の　生みの親です。
　　（萊特兄弟）　　　　　（親生父母、發明人）

❹ 沢田さんの絵は　動物を　生き生きと　描いています。
　　　　　　　　　　　　　（栩栩如生）　　（繪畫、描繪）

❺ 仕事の後、生ビールを　一気飲みしました。
　　　　　　（生啤酒）　　（一口氣喝完）

❻ 4年間の大学生生活を　思い切り　楽しんでください。
　　　　　　　　　　　　（盡情地）　（請享受）

文型

❶ 在某個地方聽現場演奏　　　　　　地點 で生演奏を聞きました

❷ 請寫下…　　　　　　　　　　　　名詞 を書いてください

❸ 某人是…的創始者　　　　　　　　某人 は 名詞 の生みの親です

❹ 將某物描繪得栩栩如生　　　　　　某物 を生き生きと描いています

❺ 一口氣喝完某種飲料　　　　　　　某種飲料 を一気飲みしました

❻ 請盡情享受…　　　　　　　　　　名詞 を思い切り楽しんでください

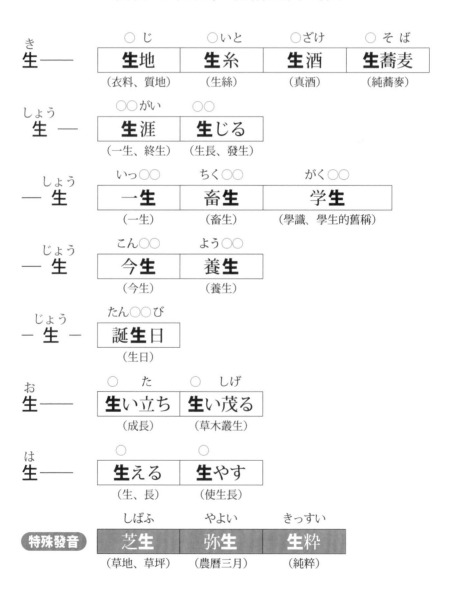

き じ	しょう がい	たん じょう び	は
生地	生涯	誕生日	生える

發音 & 位置，看清楚弄明白！

生 — き

○ じ	○ いと	○ ざけ	○ そば
生地	**生**糸	**生**酒	**生**蕎麦
（衣料、質地）	（生絲）	（真酒）	（純蕎麥）

生 — しょう

○○ がい	○○
生涯	**生**じる
（一生、終生）	（生長、發生）

— 生 しょう

いっ○○	ちく○○	がく○○
一**生**	畜**生**	学**生**
（一生）	（畜生）	（學識、學生的舊稱）

— 生 じょう

こん○○	よう○○
今**生**	養**生**
（今生）	（養生）

— 生 — じょう

たん○○び
誕**生**日
（生日）

生 — お

○ た	○ しげ
生い立ち	**生**い茂る
（成長）	（草木叢生）

生 — は

○	○
生える	**生**やす
（生、長）	（使生長）

特殊發音	しばふ	やよい	きっすい
	芝**生**	弥**生**	**生**粋
	（草地、草坪）	（農曆三月）	（純粹）

從生活學習多音字詞

❼ 最近，平成年間出生的學生越來越多了。 　【生まれ / うまれ】【生徒 / せいと】

❽ 生雞蛋是生鮮食物，要盡早吃。 　【生卵 / なまたまご】【生物 / なまもの】

❾ 校園的草皮長得很翠綠。 　【芝生 / しばふ】【生える / はえる】

❿ 成人式的回憶令我一生難忘。 　【一生 / いっしょう】

⓫ 聖誕老公公蓄留著白鬍子。 　【生やす / はやす】

⓬ 生日禮物收到手錶。 　【誕生日 / たんじょうび】

---

❼ 最近、平成生まれの生徒が　増えてきました。　(*請參照 p136)
（平成年間出生的學生）　　　　（增加了）
<small>さいきん　へいせい　　　　　　　　ふ</small>

❽ 生卵は　生物ですから、早目に　食べましょう。　(*請參照 p136)
（生雞蛋）（因為是新鮮食物）　　（趕快）
<small>はやめ　た</small>

❾ 校庭には　芝生が　青々と生えています。
（草皮）　（長得很翠綠，生えて是生える的て形）
<small>こうてい　あおあお</small>

❿ 成人式の　思い出は　一生忘れません。
（回憶）　　　（一生難忘）
<small>せいじんしき　おも　で　わす</small>

⓫ サンタクロースは　白いひげを　生やしています。
（聖誕老公公）　　　（白鬍子）　　（蓄著、留著，生やして是「生やす」的て形）
<small>しろ</small>

⓬ 誕生日プレゼントに　時計をもらいました。
　　　　（生日禮物）　　　（收到手錶）
<small>とけい</small>

文型

❼ …越來越多了 　　　　　　|名詞| が増えてきました
❽ 因為…是生鮮食物 　　　　|某物| は生物ですから
❾ 某植物長得很翠綠 　　　　|某植物| が青々と生えています。
❿ …是一生難忘的 　　　　　|名詞| は一生忘れません
⓫ 某人留著鬍子 　　　　　　|某人| はひげを生やしています
⓬ 獲得了… 　　　　　　　　|名詞| をもらいました

"事" 在詞首、詞尾有不同發音

じこ	みごと	ことがら	こうずか
事故	見事	事柄	好事家

發音 & 位置，看清楚弄明白！

じ——

○こ	○む	○けん	○じつ
事故	事務	事件	事実
(事故)	(事務)	(事件)	(事實)

○てん	○ぶつ	○じょう	○ぎょう
事典	事物	事情	事業
(事典)	(事物)	(事情)	(事業)

——じ

き○	よう○	ぎょう○	へん○
記事	用事	行事	返事
(報導)	(要事、工作)	(例行活動)	(回覆)

どう○	じん○	じ○	だい○
同事	人事	時事	大事
(相同的事)	(人事)	(時事)	(重要、珍惜)

——ごと

なに○○	でき○○	し○○	み○○
何事	出来事	仕事	見事
(無論何事)	(事件、變故)	(工作、職業)	(美麗、精彩)

こと——

○○	○○ごと	○○がら	○○か
事	事々	事柄	事欠く
(事情)	(每件事)	(事情、人格)	(缺乏)

——ず——

こう○か
好事家
(某事物的愛好者)

從生活學習多音字詞

① 因為想到有要事，我要先回去了。　　　【用事 / ようじ】
② 遠足是學校的例行活動中最受歡迎的。　【行事 / ぎょうじ】
③ 要在今天之內，完成重要事情才睡覺。　【用事 / ようじ】
④ 我媽媽從事文書相關工作。　　　　　　【事務 / じむ】【仕事 / しごと】
⑤ 今天早上從報紙讀到殺人事件的報導。　【事件 / じけん】【記事 / きじ】
⑥ 不管什麼事，持之以恆這件事很重要。　【何事 / なにごと】【事 / こと】

---

① 用事を思い出したので、先に帰ります。
　（因為想到有要事）　　　　（先回去）

② 遠足は　学校行事の中で　いちばん人気があります。
　　　　　（學校的例行活動當中）　　　（最受歡迎）

③ 今日中に　用事をすませてから　寝ます。
　（今天之內）　（完成重要事情之後）　（睡覺）

④ 私の母は　事務関係の　仕事をしています。
　　　　　　（文書相關工作）　（從事某工作）

⑤ 今朝、新聞で　殺人事件の　記事を読みました。
　　　　（報紙）　　　　　　（閱讀了新聞報導）

⑥ 何事も　続ける事が　大切です。
　（無論何事）（持之以恆這件事）（重要）

文型

① 想起某事	名詞 を思い出した
② 某事物很受歡迎	名詞 は人気があります
③ 完成…之後睡覺	名詞 をすませてから寝ます
④ 從事…相關工作	…関係 の仕事をしています
⑤ 讀到某篇新聞	名詞 の記事を読みました
⑥ …是很重要的	名詞 が大切です

"食"在詞首、詞尾有不同發音

しょくじ	く	た	にくじき
食事	食う	食べる	肉食

發音＆位置，看清楚弄明白！

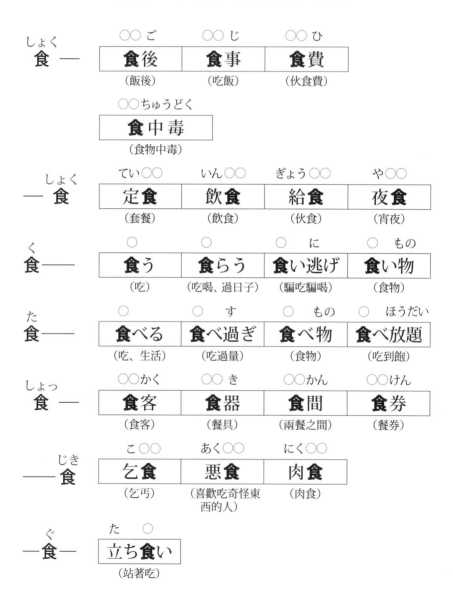

しょく —食

○○ご	○○じ	○○ひ
食後	食事	食費
（飯後）	（吃飯）	（伙食費）

○○ちゅうどく
食中毒
（食物中毒）

しょく —食

てい○○	いん○○	ぎょう○○	や○○
定食	飲食	給食	夜食
（套餐）	（飲食）	（伙食）	（宵夜）

く 食——

○	○	○に	○もの
食う	食らう	食い逃げ	食い物
（吃）	（吃喝、過日子）	（騙吃騙喝）	（食物）

た 食——

○	○す	○もの	○ほうだい
食べる	食べ過ぎ	食べ物	食べ放題
（吃、生活）	（吃過量）	（食物）	（吃到飽）

しょっ 食—

○○かく	○○き	○○かん	○○けん
食客	食器	食間	食券
（食客）	（餐具）	（兩餐之間）	（餐券）

じき ——食

こ○○	あく○○	にく○○
乞食	悪食	肉食
（乞丐）	（喜歡吃奇怪東西的人）	（肉食）

ぐ —食—

た ○
立ち食い
（站著吃）

從生活學習多音字詞

1. 這個月的家庭支出，伙食費開銷很大。　【食費 / しょくひ】
2. 日本的電車內禁止飲食。　【飲食 / いんしょく】
3. 這個藥請在飯後吃。　【食後 / しょくご】
4. 去吃吃到飽結果吃太多，肚子很痛。　【食べ放題 / たべほうだい】
　【食べ過ぎ / たべすぎ】
5. 吃宵夜會胖喔。　【夜食 / やしょく】【食べる / たべる】
6. 在站著吃的蕎麥麵店要先買餐券。　【立ち食い / たちぐい】
　【食券 / しょっけん】

---

1. 今月（こんげつ）の家計（かけい）は　食費が　高（たか）いです。
（伙食費很高）

2. 日本（にほん）の電車（でんしゃ）では　飲食が　禁止（きんし）されていません。
（被禁止）

3. この薬（くすり）は　食後に飲（の）んでください。
（請在飯後吃）

4. 食べ放題で　食べ過ぎて　おなかが痛（いた）いです。
（吃到飽的店）　　（吃過量）　　　　（肚子痛）

5. 夜食を食べると　太（ふと）りますよ。
（吃宵夜的話）　　（肥胖）

6. 立ち食い蕎麦（そば）の店（みせ）では、まず、食券を買（か）います。
（站著吃的蕎麥麵店）　　　　（首先）

文型

1. 某費用、價格很高　　　　　　| 某費用 | が高いです
2. 禁止做…　　　　　　　　　　| 名詞 | が禁止されていません
3. …藥請在飯後吃　　　　　　　| 藥品 | は食後に飲んでください
4. 吃過量，…很痛　　　　　　　食べ過ぎて | 名詞 | が痛いです
5. 吃…會變胖　　　　　　　　　| 食物 | を食べると太ります
6. 首先，要買…　　　　　　　　まず、 | 名詞 | を買います

"神" 在詞首、詞尾有不同發音

しんぴ	かみさま	めがみ	こうべ
神秘	**神**樣	女**神**	**神**戸

發音＆位置，看清楚弄明白！

しん神——

○○けいしつ	○○とう	○○ぴ	○○わ
神経質	**神**道	**神**秘	**神**話
（神經質）	（神道教）	（神秘）	（神話）

——しん神

せい○○	はん○○	しっ○○	き○○
精**神**	阪**神**	失**神**	鬼**神**
（精神）	（大阪和神戸）	（失去意識、昏迷）	（鬼神）

じん神——

○○じゃ
神社
（神社）

——じん神

めいじ○○ぐう	てん○○	さい○○
明治**神**宮	天**神**	祭**神**
（明治神宮）	（天神）	（祭神）

かみ神——

○○	○○さま	○○だの	○○わざ
神	**神**樣	**神**頼み	**神**業
（神、上帝）	（神、上帝）	（向神明祈求）	（神乎其技、神蹟）

——がみ神

しに○○	かみ○○	びんぼう○○	め○○
死**神**	**神**々（神）	貧乏**神**	女**神**
（死神）	（神、上帝）	（窮神）	（女神）

かん神——

○○ぬし	○○だ
神主	**神**田
（祠官、主祭）	（地名、姓名）

こう神——

○○ごう	○○べ
神々しい	**神**戸
（莊嚴）	（地名）

特殊發音

みき	かぐら	かながわけん	
お**神**酒	**神**楽	**神**奈川県	
（祭神的酒）	（祭神的音樂）	（地名）	

從生活學習多音字詞

❶ 我養的貓很神經質。　　　　　　　　【神経質 / しんけいしつ】
❷ 祈求神明希望中樂透。　　　　　　　【神頼み / かみだのみ】
❸ 他打字的技術神乎其技。　　　　　　【神業 / かみわざ】
❹ 波賽頓是希臘神話裡的人物。　　　　【神話 / しんわ】
❺ 明治神宮是位於東京新宿的大型神　　【明治神宮 / めいじじんぐう】
　社。　　　　　　　　　　　　　　　【神社 / じんじゃ】
❻ 神戸是阪神地區最現代化的城市。　　【神戸 / こうべ】【阪神 / はんしん】

---

❶ わたしの飼っている猫は　とても　神経質です。
　　　　（我養的貓）　　　　　　（非常）

❷ 宝くじが当たるように、神頼みしました。
　（希望中樂透）　　　　　　　（祈求神明）

❸ 彼のタイピングは　神業です。
　（他的打字技術）　　（神乎其技）

❹ ポセイドンは　ギリシャ神話の　登場人物です。
　（波賽頓）　　　（希臘神話的）

❺ 明治神宮は　東京・原宿にある　大きな神社です。
　　　　　　　（位於東京原宿的）

❻ 神戸は　阪神地区で　もっとも　おしゃれな町です。
　　　　　　（最）　　　　　　（時髦、現代的城市）

文型

❶ 某人、某動物很神經質　　　　　　 | 某人、動物 | はとても神経質です
❷ 祈求神明某事如願　　　　　　　　 | 動詞原形 | ように、神頼みしました
❸ 某種技術很高超、神乎其技　　　　 | 名詞 | は神業です
❹ 某人是某故事的人物　　　　　　　 | 某人 | は | 某故事 | の登場人物です
❺ 某物位於某地　　　　　　　　　　 | 某物 | は | 地點 | にある
❻ 最…的城市　　　　　　　　　　　 もっとも | な形容詞 | な町です

"人" 在詞首、詞尾有不同發音

じんこう	にんげん	ひとどお	たびびと
人口	人間	人通り	旅人

發音 & 位置，看清楚弄明白！

じん 人——	○○こう	○○こう	○○せい	○○しゅ
	人口	人工	人生	人種
	（人口）	（人工）	（人生）	（人種）

—人 じん	び○○	ろう○○	こ○○	にほん○○
	美人	老人	個人	日本人
	（美女）	（老人）	（個人）	（日本人）

にん 人——	○○げん	○○き	○○ずう	○○じん
	人間	人気	人数	人参
	（人類）	（受歡迎）	（人數）	（紅蘿蔔）

—人 にん	はん○○	びょう○○	あく○○	た○○
	犯人	病人	悪人	他人
	（犯人）	（病人）	（惡人）	（他人）

ひと 人——	○○びと	○○まか	○○どお	○○づあ
	人々	人任せ	人通り	人付き合い
	（人們、每個人）	（委託別人）	（行人往來）	（交際）

—人 びと	むら○○	たび○○
	村人	旅人
	（村人）	（旅人）

特殊發音	おとな	くろうと	しろうと	わこうど
	大人	玄人	素人	若人
	（大人）	（行家）	（外行人）	（年輕人）

なこうど
仲人
（媒人）

從生活學習多音字詞

❶ 我是外行，請去請教其他的人。　　　　【素人 / しろうと】【人 / ひと】
❷ 美國被稱為「種族的熔爐」。　　　　　【人種 / じんしゅ】
❸ 日本人不太關心政治。　　　　　　　　【日本人 / にほんじん】
❹ 動物園裡，貓熊最受歡迎。　　　　　　【人気 / にんき】
❺ 日本人不擅長社交往來。　　　　　　　【日本人 / にほんじん】
　　　　　　　　　　　　　　　　　　　【人付き合い / ひとづきあい】
❻ 旅人的人生觀很務實。　　　　　　　　【旅人 / たびびと】【人生 / じんせい】

---

❶ わたしは 　素人ですから、他の人に 　聞いてください。
　　　　　　（因為是外行人）　ほか　　　き　（請詢問）

❷ アメリカは 　人種のるつぼ 　と呼ばれています。
　（美國）　　　（種族的熔爐）　よ　（被稱為…）

❸ 日本人は 　政治に 　あまり関心がありません。
　　　　　　せいじ　　かんしん（不太關心）

❹ パンダは 　動物園で 　いちばん人気があります。
　　　　　　どうぶつえん　　（最受歡迎）
　（貓熊）

❺ 日本人は 　人付き合いが 　へたです。
　　　　　　（社交往來）　　（不擅長）

❻ 旅人は 　人生観が 　しっかりしています。
　　　　　　かん（務實）

文型

❶ 某人是外行人　　　　　　　　 某人 は素人です
❷ 被稱為…　　　　　　　　　　 名詞 と呼ばれています
❸ 對…不太關心　　　　　　　　 名詞 にあまり関心がありません
❹ 某人、某動物受歡迎　　　　 某人、動物 は人気があります
❺ 某人不擅長某事物　　　　　　 某人 は 名詞 がへたです
❻ 人生觀很務實　　　　　　　　人生観がしっかりしています

"日" 在詞首、詞尾有不同發音（1）

にちじょう	にってい	きゅうじつ
日常	日程	休日

發音＆位置，看清楚弄明白！

にち日——

○○じ	○○ようひん	○○じょう	○○ようび
日時	日用品	日常	日曜日
（日期和時間）	（日用品）	（平常）	（週日）

○○ぎん	○○ぼつ	○○げん	○○や
日銀	日没	日限	日夜
（日本銀行）	（日落）	（日期、期限）	（日夜）

——にち日

こん○○	まい○○	らい○○	ちゅう○○
今日	毎日	来日	駐日
（今天）	（毎天）	（來日本）	（駐日）

いち○○	たい○○	さんじゅう○○	みょう○○
一日	滞日	30日	明日
（一天）	（滯留日本）	（30天）	（明天）

にっ日——

○○ぽん	○○てい	○○き	○○ちゅう
日本	日程	日記	日中
（日本）	（行程）	（日記）	（白天、中午）

——じつ日

きゅう○○	ご○○	せん○○	とう○○
休日	後日	先日	当日
（假日、休息日）	（過幾天）	（前幾天）	（當天）

さい○○	しゅく○○	はん○○	すう○○
祭日	祝日	半日	数日
（國定假日）	（節日）	（半天）	（數天）

從生活學習多音字詞

❶ 前幾天來拜訪過您，我是鈴木不動產　　【先日 / せんじつ】
　的鈴木。
❷ 昨天歐巴馬總統來訪日。　　　　　　　【来日 / らいにち】
❸ 因為預售票賣完了，所以買當日票。　　【当日 / とうじつ】
❹ 請確認宴會的日期、時間及地點。　　　【日時 / にちじ】
❺ 我每天檢查女兒的日記本。　　　　　　【日記 / にっき】
❻ 每週的週一早上，大家都很憂鬱。　　　【月曜日 / げつようび】

---

❶ 先日　お伺いしました、鈴木不動産の鈴木です。
（前幾天）　　（有來拜訪過）

❷ 昨日、オバマ大統領が　来日しました。
　　　　　（歐巴馬總統）

❸ 前売り券は　売り切れましたから、当日券を　買います。
（預售票）　　　（因為賣完）

❹ パーティーの　日時と場所を　ご確認ください。
（宴會的）　　（日期、時間和地點）　　（請您確認）

❺ 毎日、　娘の日記帳を　チェックしています。
　　　　（女兒的日記本）　　　（確認、檢查）

❻ 毎週月曜日の朝は、みんな　憂鬱です。　(*請參照 p150)
　　（每週一早上）

文型

❶ 我是某公司的…　　　　　　　　 [某公司] の [姓氏] です
❷ 某人來訪日本　　　　　　　　　 [某人] が 来日しました
❸ …賣完了　　　　　　　　　　　 [某物] は 売り切れました
❹ 請確認…　　　　　　　　　　　 [名詞] をご確認ください
❺ 每天檢查…　　　　　　　　　　 毎日、 [名詞] をチェックしています
❻ 每週的星期幾早上　　　　　　　 毎週 [星期幾] の朝

“日”在詞首、詞尾有不同發音（2）

ひ や	とお か	げつよう び	に ほん
日焼け	十日	月曜日	日本

發音 & 位置，看清楚弄明白！

可參照九宮格速記本 P74,75

日

150

ひ——

○がえ	○ や	○ごろ	○ び
日帰り	日焼け	日頃	日々
（當天往返）	（曬黑）	（平日）	（每天）

——ひ

つき○	あさ○	○	ゆう○
月日	朝日	こどもの日	夕日
（歲月）	（早晨的太陽）	（兒童節）	（夕陽）

——か

ふつ○	みっ○	とお○	はつ ○
2日	3日	十日	二十日
（初二、2天）	（初三、3天）	（初十、10天）	（20號、20天）

——び

にし○	げつよう○	さいしゅう○	きゅうかん○
西日	月曜日	最終日	休館日
（西斜的太陽）	（週一）	（最後一天）	（休館日）

に——

○ほん	○ほんじん
日本	日本人
（日本）	（日本人）

——ぴ

せいねんがっ○
生年月日
（出生年月日）

特殊發音

ついたち	あさって	きょう	きのう
一日	明後日	今日	昨日
（一日）	（後天）	（今天）	（昨天）

あした
明日
（明天）

從生活學習多音字詞

❼ 週末去海邊，結果曬黑了。　　　　　　【日焼け / ひやけ】

❽ 一月一日是元旦，要吃年菜料理。　　　【一日 / ついたち】

❾ 兒童節是黃金週的最後一天。　　　　　【こどもの日 / こどものひ】
　　　　　　　　　　　　　　　　　　　【最終日 / さいしゅうび】

❿ 今天去美術館，可惜碰上休館日。　　　【今日 / きょう】
　　　　　　　　　　　　　　　　　　　【休館日 / きゅうかんび】

⓫ 西班牙旅遊的行程為期十天。　　　　　【十日 / とおか】【日程 / にってい】

⓬ 行李將於明天中午為您送達。　　　　　【明日 / あした】【日中 / にっちゅう】

---

❼ 週末、海に行って 日焼けしました。
しゅうまつ　うみ　い
　　　　　　　　　　（曬黑了）

❽ 一月一日は元旦で、おせち料理を 食べます。
いちがつ　　　　がんたん　　　　　りょうり　　た
　　　　　　　　　（年菜料理）

❾ こどもの日は ゴールデンウィークの 最終日です。
　（兒童節）　　　　　　（黃金週的）

❿ 今日、美術館に 行きましたが、休館日でした。（*請同時參照 p148）
　　　　びじゅつかん　い
　　　　　（雖然去了美術館）

⓫ 明日の日中に 荷物を お届けします。 （*請同時參照 p148）
　　　　　　　にもつ　　　とど
　（明天中午）　（行李）　（為您送達）

⓬ スペイン旅行は 十日間の 日程です。
　　　　りょこう　　　とおか　かん
　（西班牙旅遊）　　　　　（行程）

文型 ——————————

❼ 去…，結果曬黑了　　　　地點 に行って日焼けしました

❽ 吃…料理　　　　　　　　…料理 を食べます

❾ …是最後一天　　　　　　名詞 は最終日です

❿ 去了某個地方　　　　　　地點 に行きました

⓫ 為您送達某物　　　　　　某物 をお届けします

⓬ 為期…天的行程　　　　　天數 間の日程です

"入"在詞首、詞尾有不同發音

にゅうせん	い	はい
入選	**入**れる	**入**る

發音 & 位置，看清楚弄明白！

にゅう 入 —

○○よく	○○せん	○○こく	○○がく
入浴	**入**選	**入**国	**入**学
（入浴）	（入選）	（入境）	（入學）

○○いん	○○かい	○○りょく	○○もん
入院	**入**会	**入**力	**入**門
（住院）	（入會）	（打字）	（入門）

○○し	○○しょう	○○か	○○こう
入試	**入**賞	**入**荷	**入**行
（入學考試）	（得獎）	（進貨）	（入行）

にゅう — 入

き○○	しゅう○○	ゆ○○	どう○○
記**入**	収**入**	輸**入**	導**入**
（填寫）	（收入）	（進口）	（引進）

か○○	しゅつ○○	しん○○	ちゅう○○
加**入**	出**入**	侵**入**	注**入**
（加入）	（進出）	（侵入）	（注入）

い 入 ——

○	○ ぐち	○ もの	○
入れる	**入**り口	**入**れ物	**入**る
（放進、裝進）	（入口）	（容器）	（進入）

はい 入 ——

○○
入る
（進入、添加）

從生活學習多音字詞

❶ 日本機場的入境手續很快速。　　　【入国 / にゅうこく】
❷ 我們公司引進了新機器。　　　　　【導入 / どうにゅう】
❸ 日本的學校四月舉行開學典禮。　　【入学 / にゅうがく】
❹ 兒子的畫作入選繪畫比賽。　　　　【入選 / にゅうせん】
❺ 泡澡時，我經常放入浴劑。　　　　【入る / はいる】【入浴 / にゅうよく】
❻ 入會請填寫申請書。　　　　　　　【入会 / にゅうかい】【記入 / きにゅう】

---

❶ 日本の空港は　入国手続きが　スピーディーです。
　（日本機場）　　　　　　　　　　　　　（快速）

❷ わたしの会社では、　新しい機械を　導入しました。
　　　　　　　　　　　　　　　　　　　（引進）

❸ 日本の学校の　入学式は　4月に　行われます。
　　　　　　　　（開學典禮）　（被舉行）

❹ 息子の絵は　絵画コンクールで　入選しました。
　（兒子的畫）　（繪畫比賽）

❺ わたしは　お風呂に入る時、よく　入浴剤を　入れます。
　　　　　　（泡澡時）　（時常）　　　　　　（放入）

❻ 入会するためには、　申込書を　記入してください。
　（為了要入會）　　　（申請書）　（請填寫…）

文型

❶ …進行快速　　　　　　　　名詞 がスピーディーです
❷ 引進了…　　　　　　　　　名詞 を導入しました
❸ 幾月舉行開學典禮　　　　　入学式は …月 に行われます
❹ 入選…競賽　　　　　　　　競賽 で入選しました
❺ 經常會放入…　　　　　　　よく 名詞 を入れます
❺ 請填寫…　　　　　　　　　名詞 を記入してください

"自" 在詞首、詞尾有不同發音

| じ こ
自己 | し ぜん
自然 | みずか
自ら | おの
自ずから |

發音＆位置，看清楚弄明白！

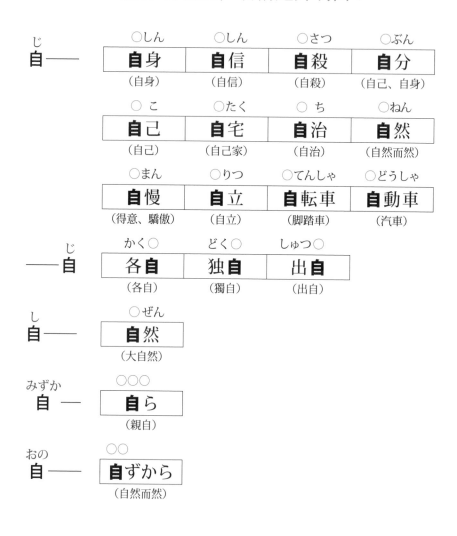

じ——

○しん	○しん	○さつ	○ぶん
自身	**自信**	**自殺**	**自分**
（自身）	（自信）	（自殺）	（自己、自身）

○ こ	○たく	○ ち	○ねん
自己	**自宅**	**自治**	**自然**
（自己）	（自己家）	（自治）	（自然而然）

○まん	○りつ	○てんしゃ	○どうしゃ
自慢	**自立**	**自転車**	**自動車**
（得意、驕傲）	（自立）	（脚踏車）	（汽車）

——じ

かく○	どく○	しゅつ○
各自	**独自**	**出自**
（各自）	（獨自）	（出自）

し——

○ぜん
自然
（大自然）

みずか

○○○
自ら
（親自）

おの

○○
自ずから
（自然而然）

從生活學習多音字詞

① 我總是在家裡悠閒地度過週末。 　　　　【自宅 / じたく】
② 我們首先進行了自我介紹。 　　　　　　【自己 / じこ】
③ 請各位自備杯子。 　　　　　　　　　　【各自 / かくじ】
④ 伊藤先生對英語很有自信。 　　　　　　【自信 / じしん】
⑤ 我自願參加志工活動。 　　　　　　　　【自ら / みずから】
⑥ 那位歌手在自家上吊自殺。 　　【自宅 / じたく】【自殺 / じさつ】

---

① 週末は　いつも　自宅で　ゆっくり過ごします。
　　　　（總是）　（自家內）　　（悠閒地度過）

② わたしたちは　最初に、自己 紹 介をしました。
　　　　　　　　　　　　　　　　（做了自我介紹）

③ コップは　各自で　持参してください。
　（杯子）　（各位）　　（請自備）

④ 伊藤さんは　英語に　自信があります。
　　　　　　　　　　　　（有自信）

⑤ わたしは　自ら 進んで　ボランティアに　参加しました。
　　　　　　（自願）　　　　　（志工活動）

⑥ その歌手は、自宅で　首吊り自殺をしました。
　　　　　　　（自家內）　　（上吊自殺）

文型

① 在某地悠閒地過生活 　　　　　地點 でゆっくり過ごします
② 當時最先做了某事 　　　　　　最初に、名詞 をしました
③ 請各位自備… 　　　　　　　　某物 は各自で持参してください
④ 某人對…有自信 　　　　　　　某人 は 名詞 に自信があります
⑤ 自願參加某活動 　　　　　　　自ら進んで 某活動 に参加しました
⑥ 某人做了… 　　　　　　　　　某人 は、名詞 をしました

"再" 在詞首、詞尾有不同發音

さいど
再度 | さらいねん **再**来年 | ふたた **再**び

發音 & 位置，看清楚弄明白！

さい 再──

○○かい	○○げん	○○こう	○○かい
再会	**再**現	**再**考	**再**開
（重逢）	（再現、重現）	（重新考慮）	（重新展開）

○○き	○○せい	○○ど	○○はつ
再起	**再**生	**再**度	**再**発
（復出、重新開始）	（再生、播放）	（再度）	（疾病復發、再犯）

○○せん	○○はっこう	
再選	**再**発行	
（競選連任）	（重新申請、重新發行）	

○○けん	○○こん	○○さい	○○どく
再建	**再**婚	**再**々	**再**読
（重建）	（再婚）	（再三）	（再讀一遍）

○○ほん	○○あん	○○せいし	○○しゅっぱつ
再訪	**再**案	**再**生紙	**再**出発
（再度拜訪）	（修正方案）	（再生紙）	（重新出發）

さ 再──

○らいねん	○らいげつ	○らいしゅう
再来年	**再**来月	**再**来週
（後年）	（下下個月）	（下下禮拜）

ふたた 再──

○○○
再び
（再一次）

從生活學習多音字詞

❶ 我昨天和高中同學久別十年重逢。 【再会／さいかい】
❷ 今年的選舉，現任市長競選連任。 【再選／さいせん】
❸ 小心不要再犯那樣的錯誤。 【再発／さいはつ】
❹ 這間博物館重現了江戶時代的街景。 【再現／さいげん】
❺ 上個月休園的遊樂園將於下下個月時 【再来月／さらいげつ】
　重新開幕。 【再開／さいかい】
❻ 請於下下週之前重新申請學生證。 【再来週／さらいしゅう】
　　　　　　　　　　　　　　　　　　【再発行／さいはっこう】

---

❶ 昨日、高校の同級生と 十年ぶりに再会しました。
　（和高中同學）　　　　　（久別十年重逢）

❷ 今年の選挙では、現職の市長が 再選しました。
　　　　　　　　　　　　　　　　（競選連任）

❸ あのようなミスが 再発しないよう、気をつけます。
　（那樣的錯誤）　　（為了不要再發生）　　（小心）

❹ この博物館は、江戸時代の 町並みを 再現しました。
　　　　　　　　　　　　　（街景）　　（重現）

❺ 先月閉園した遊園地は、再来月、再開します。
　　　　　　　　　　　　　（下下個月）（重新開幕）

❻ 再来週までに 学生証を 再発行してください。
　（下下週前、兩周內）　　　（請重新申請）

文型 ————————————————————————

❶ 和某人重逢　　　　　　　　 某人 と再会しました
❷ 某人競選連任　　　　　　　 某人 が再選しました
❸ 為了不要再發生…　　　　　 名詞 が再発しないよう
❹ 重現了…　　　　　　　　　 名詞 を再現しました
❺ …將重新開幕　　　　　　　 名詞 は再開します
❻ 重新申請…　　　　　　　　 名詞 を再発行して

"早" 在詞首、詞尾有不同發音

はや	そうそう	さっそく	あしばや
早い	早々	早速	足早

發音 & 位置，看清楚弄明白！

可參照「九宮格速記本」P79

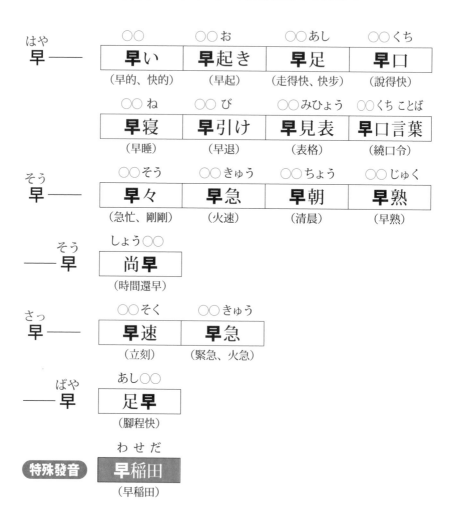

はや
早——

○○	○○お	○○あし	○○くち
早い	早起き	早足	早口
（早的、快的）	（早起）	（走得快、快步）	（說得快）

○○ね	○○び	○○みひょう	○○くち ことば
早寝	早引け	早見表	早口言葉
（早睡）	（早退）	（表格）	（繞口令）

そう
早——

○○そう	○○きゅう	○○ちょう	○○じゅく
早々	早急	早朝	早熟
（急忙、剛剛）	（火速）	（清晨）	（早熟）

——早

しょう○○

尚早
（時間還早）

さっ
早——

○○そく	○○きゅう
早速	早急
（立刻）	（緊急、火急）

——早

あし○○

足早
（腳程快）

特殊發音

わ せ だ

早稲田
（早稲田）

從生活學習多音字詞

❶ 隔壁養的狗一大早就很吵。　　　　　【早朝 / そうちょう】
❷ 事態緊急，請火速聯絡。　　　　　　【早急 / そうきゅう】
❸ 「生麥生米生雞蛋」是日文繞口令。　【早口言葉 / はやくちことば】
❹ 老師說話太快，聽不清楚。　　　　　【早口 / はやくち】
❺ 小孩子早睡早起的習慣很重要。　　　【早寝 / はやね】【早起き / はやおき】
❻ 開完會後，他急忙快走離開了。　　　【早足 / はやあし】【早々 / そうそう】

---

❶ となりの家の犬は　早朝から　うるさいです。
　　　　（隔壁的狗）　　（從清晨開始）　　（吵雜）

❷ 急いでいますから、早急に　連絡してください。
　　（因為很緊急）　　　（立刻、火速）　（請聯絡）

❸ 「生麦生米生卵」は　日本語の　早口言葉です。
　　　　　　　　　　　　　　　　　　　（繞口令）

❹ 先生は　早口で　聞き取れません。
　　　　　（說話快）　（聽不清楚）

❺ 子供は　早寝早起きの　習慣が　大切です。
　　　　　（早睡早起的習慣）　　　（重要）

❻ 会議の後、彼は　早足で　早々と　去っていきました。
　　　　　　　　　（走得快）（急忙）　　（離開）

文型 ───────────

❶ 某人、動物很吵　　　　　 某人、動物 はうるさいです
❷ 請立刻做某事　　　　　　早急に 動詞て形 ください
❸ …是繞口令　　　　　　　 名詞 は早口言葉です
❹ 因為…而聽不清楚　　　　 名詞 で聞き取れません
❺ …很重要　　　　　　　　 名詞 が大切です
❻ 某人急忙離開了　　　　　 某人 は早々と去っていきました

さくひん	つく	さよう	さっか
作品	**作**る	**作**用	**作**家

發音 & 位置，看清楚弄明白！

さく 作——

○○ひん	○○ぶん	○○しゃ	○○せい
作品	**作**文	**作**者	**作**成
（作品）	（作文）	（作者）	（起草）

さく ——作

めい○○	しゅっせ○○	せい○○	りき○○
名**作**	出世**作**	製**作**	力**作**
（名著）	（成名作）	（製作）	（力作）

つく 作——

○○	○○わら	○○だ	○○ごと
作る	**作**り笑い	**作**り出す	**作**り事
（做、製造）	（假笑）	（創作）	（編造的事）

さ 作——

○どう	○ほう	○ぎょう	○よう
作動	**作**法	**作**業	**作**用
（運轉）	（禮儀）	（工作）	（作用）

さ ——作

ほっ○	どう○
發**作**	動**作**
（發作）	（動作）

さっ 作——

○○か	○○きょく	○○きょう
作家	**作**曲	**作**況
（作家）	（作曲）	（收成）

づく ——作

て○○
手**作**り
（手工）

從生活學習多音字詞

❶ 村上春樹的成名作是「挪威的森林」 【出世作／しゅっせさく】

❷ 我做了手工餅乾。 【手作り／てづくり】

【作る／つくる】

❸ 日本人經常因為工作而假笑。 【作り笑い／つくりわらい】

❹ 貝多芬是世界最知名的作曲家。 【作曲／さっきょく】

❺ 那件古典作品的作者已不可考。 【作品／さくひん】【作者／さくしゃ】

❻ 泡茶禮儀為千利休所發展出來。 【作法／さほう】

【作り出す／つくりだす】

---

❶ 村上春樹の 出世作は 『ノルウェイの森』です。
（成名作）

❷ 手作りのクッキーを 作りました。
（手工餅乾） （製作，作る的ます體「作ります」的過去式）

❸ 日本人は 仕事で、よく 作り笑いをします。
（常常） （假笑）

❹ ベートーヴェンは 世界で いちばん有名な 作曲家です。
（貝多芬） （最有名的）

❺ その古典作品の 作者は 誰かわかりません。
（不知道是誰、不可考）

❻ お茶の作法を 作り出したのは 千利休 です。
（泡茶的禮儀方法） （發展出來的是，作り出す的過去式）

文型

❶ 某人的成名作是某部作品　　　 某人 の出世作は 作品名 です

❷ 製作了某物　　　 某物 を作りました

❸ 某人經常做某事　　　 某人 はよく 名詞 をします

❹ 世界最知名的…　　　世界でいちばん有名な 名詞 です

❺ 某作品的作者已不可考　　　 某作品 の作者は誰かわかりません

❻ 發展、創造…的是某人　　　 名詞 を作り出したのは 某人 です

"足" 在詞首、詞尾有不同發音

あしおと	どそく	た
足音	土足	足る

發音＆位置，看清楚弄明白！

あし——

○○	○○もと	○○おと	○○ばや
足	足下	足音	足早
（腳）	（腳下、腳邊）	（腳步聲）	（腳程快）

○○くび
足首
（腳踝）

——あし

りょう○○	ひと○○	みぎ○○
両足	一足	右足
（兩腳）	（一步）	（右腳）

——そく

ど○○	ふ○○	えん○○	まん○○
土足	不足	遠足	満足
（穿著鞋）	（不夠）	（遠足）	（滿足）

ほ○○	きん○○	だ○○	げ○○
補足	禁足	蛇足	下足
（補充）	（禁足）	（畫蛇添足）	（脫下鞋子）

た——

○	○ ざん	○	○ び
足る	足し算	足す	足袋
（足夠、值得）	（加法）	（增加、補充）	（日式襪子）

○
足りる
（足夠、值得）

從生活學習多音字詞

❶ 不能穿鞋進日本人家裡，請脫鞋。　　　【土足 / どそく】

❷ 梅花開了。春天的腳步近了。　　　　　【足音 / あしおと】

❸ 我昨天加班，因為一步之差沒能遇見　　【一足 / ひとあし】
　她。

❹ 我小時候不擅長加法跟減法。　　　　　【足し算 / たしざん】

❺ 遠足走太多路，雙腿酸痛。　　　　　　【遠足 / えんそく】【足 / あし】

❻ 兩個人存款全部加起來，結婚資金也　　【足す / たす】
　不夠。　　　　　　　　　　　　　　　【不足 / ぶそく】

---

❶ 日本の家は　土足厳禁ですので、靴を脱いでください。
　（因為不能穿鞋）　　　　　　　　（請脫鞋）

❷ 梅の花が咲いています。春の足音が　聞こえました。
　（梅花開）　　　　　　（春天的腳步）　　　（聽得到）

❸ 昨日は　残業で、一足違いで　彼女に会えませんでした。
　　　　　（加班）　（一步之差）　　　（沒能見到她）

❹ 私は　子供の時、足し算や引き算が　苦手でした。
　　　　　　　　　（加法及減法）　　　（不擅長）

❺ 遠足で　歩きすぎたので、両足が痛いです。
　　　　（因為走太多路）

❻ 二人の貯金を　全部　足しましたが、　結婚資金不足です。
　（兩人的存款）　　　　（加起來，足す的ます體
　　　　　　　　　　　　「足します」的過去式）

文型

❶ 請脫掉…衣物　　　　　　　衣物 を脱いでください
❷ …花開了　　　　　　　　　花朵 が咲いています
❸ 沒能見到某人　　　　　　　某人 に会えませんでした
❹ 某人過去不擅長…　　　　　某人 は 名詞 が苦手でした
❺ 因為…雙腿酸痛　　　　　　名詞 で両足が痛いです
❻ …全部加起來　　　　　　　名詞 を全部足しました

"色" 在詞首、詞尾有不同發音

へんしょく 変**色** | **しきし** **色**紙 | **ねいろ** 音**色**

發音＆位置，看清楚弄明白！

―色（しょく）

へん○○	ちゃく○○りょう		ぶっ○○
変**色**	着**色**料		物**色**
(變色)	(色素)		(物色)

とく○○	ちゃく○○	せき○○	りょく○○
特**色**	着**色**	赤**色**	緑**色**
(特色)	(着色)	(紅色)	(綠色)

色（しき）―

○○さい	○○し	○○ちょう	○○そ
色彩	**色**紙	**色**調	**色**素
(色彩)	(寫俳句用的色紙)	(色調)	(顏料)

―色（しき）

け○○	ふゆげ○○
景**色**	冬景**色**
(景色)	(冬天的景色)

色（いろ）―

○○いろ	○○がみ	○○づ	○○お
色々	**色**紙	**色**付け	**色**落ち
(各式各樣)	(色紙)	(著色、染色)	(掉色)

○○じろ	○○け	○○あ	○○わ
色白	**色**気	**色**合い	**色**分け
(皮膚白)	(春心、嬌媚)	(配色、色彩)	(用顏色區分)

―色（いろ）

き○○	ね○○	あか○○	かお○○
黄**色**	音**色**	赤**色**	顔**色**
(黃色)	(音色)	(紅色)	(臉色、氣色)

從生活學習多音字詞

❶ 臉色看起來很差，休息一下比較好。　　　　【顔色 / かおいろ】
❷ 衣服洗後褪色了。　　　　　　　　　　　　【色落ち / いろおち】
❸ 這食品沒有添加色素。　　　　　　　　　　【着色料 / ちゃくしょくりょう】
❹ 北海道有各種好吃的食物。　　　　　　　　【色々 / いろいろ】
❺ 秋天時，黃色與紅色的楓葉很漂亮。　　　　【黄色 / きいろ】【赤色 / あかいろ】
❻ 二胡能彈出很有特色的音色。　　　　　　　【特色 / とくしょく】【音色 / ねいろ】

---

❶ 顔色が悪いです　から、　休んだほうがいいですよ。
　　（臉色差）　　（因為）　　　　（休息比較好）

❷ 服を洗濯したら、　色落ちしました。
　（洗完衣服後）　　　　（褪色）

❸ この食べ物は　着色料が　入っていません。
　　　　　　　（色素）　　（沒有添加）

❹ 北海道には、　色々　おいしい食べ物が　あります。
　　　　　　　（各種）　（好吃的食物）　　　（有）

❺ 秋は　黄色や赤色の　紅葉が　きれいです。
　　　　　　　　　　（楓葉）　　（漂亮）

❻ 二胡は　特色ある　音色をしています。
　　　　（有特色的）　（帶有…的音色）

文型

❶ 臉色差　　　　　　　　　顔色が悪いです
❷ 某物洗後褪色了　　　　　　某物 を洗濯したら、色落ちしました
❸ 沒有添加某物　　　　　　　某物 が入っていません
❹ 某地有…　　　　　　　　　地點 には、名詞 があります
❺ …很漂亮　　　　　　　　　名詞 がきれいです
❻ 能呈現出有特色的…　　　　特色ある 名詞 をしています

"一"在詞首、詞尾有不同發音

いちばん	ひと	いったい	どういつ
一番	一つ	一体	同一

發音＆位置，看清楚弄明白！

いち 一──

○○ばん	○○めん	○○りゅう	○○りつ
一番	一面	一流	一律
（第一、最）	（某一方面）	（一流）	（一律）

○○おん	○○じ	○○ど	○○とう
一応	一時	一度	一同
（大致、暫且）	（一點鐘）	（一次）	（一同）

──いち ──一

ずい○○	だい○○	ちく○○	まん○○
随一	第一	逐一	万一
（第一）	（第一）	（逐一）	（萬一）

ひと 一──

○○	○○り	○○めぼ	○○くち
一つ	一人	一目惚れ	一口
（一個）	（一人）	（一見鍾情）	（一口）

いっ 一──

○○たい	○○さい	○○しゅん	○○ぽ
一体	一切	一瞬	一歩
（究竟）	（一切）	（一瞬間）	（一歩）

○○ぱく	○○かい	○○ぽう	○○ぽん
一泊	一回	一方	一本
（住一晚）	（一次）	（一方面）	（一根、一枝）

いつ ──一

どう○○	とう○○	ゆい○○	きん○○
同一	統一	唯一	均一
（同一個、相同）	（統一）	（唯一）	（均一）

從生活學習多音字詞

❶ 下雪後，窗外成了一片銀色世界。　　　【一面 / いちめん】

❷ 那兩起事件的犯人是同一人。　　　　　【同一 / どういつ】

❸ 我想進一流大公司上班。　　　　　　　【一流 / いちりゅう】

❹ 到底是誰畫這種塗鴉？　　　　　　　　【一体 / いったい】

❺ 100 日圓均一價的商品，就一律 100　　【均一 / きんいつ】【一律 / いちりつ】
日圓。

❻ 一個人請拿一個蘋果。　　　　　　　　【一人 / ひとり】【一つ / ひとつ】

---

❶ 雪が降って、窓の外一面が　銀色の世界になりました。
（變成銀色世界）

❷ あの２つの事件の犯人は　同一人物です。
（那兩起事件的犯人）

❸ 一流の大企業に　就職したいです。
（想在某處就職）

❹ 一体誰が　こんな落書きをした　のですか。
（到底是誰）　　　　（畫這種塗鴉）

❺ １００円均一の商品は　一律１００円です。

❻ リンゴを　一人一つずつ取って　ください。
（蘋果）　　（一人拿一個）　　（請對方做…）

文型

❶ 變成了…的世界　　　　　　　名詞 の世界になりました

❷ 犯罪者是某人　　　　　　　　犯人は 某人 です

❸ 我想在某公司就職　　　　　　公司 に就職したいです

❹ 到底是誰做某事　　　　　　　一体誰が 動詞過去式 た形 のですか

❺ …一律 100 日圓　　　　　　　名詞 は一律１００円です

❻ 一個人請拿一個…　　　　　　名詞 を一人一つずつ取ってください

"有" 在詞首、詞尾有不同發音

ゆうがい 有害 ｜ **あ** 有る ｜ **うむ** 有無

發音 & 位置，看清楚弄明白！

ゆう——

○○こう	○○めい	○○りょう	○○り
有効	有名	有料	有利
(有效)	(有名)	(收費)	(有利)

○○がい	○○えき	○○どう	○○りょく
有害	有益	有毒	有力
(有害)	(有益)	(有毒)	(有力)

○○きゅう	○○はい	○○し
有給	有配	有司
(有給薪)	(有紅利)	(官員)

——**ゆう**

しょ○○	し○○	きょう○○	とく○○
所有	私有	共有	特有
(所有)	(私有)	(共有)	(特有)

こく○○	せん○○
国有	専有
(國有)	(專有)

あ——

○	○がね	○がた	○え
有る	有り金	有り難い	有り得る
(有)	(現有的錢、現款)	(感謝、幸運)	(可能有)

う——

○ちょうてん	○む
有頂天	有無
(歡天喜地)	(有沒有)

從生活學習多音字詞

❶ 香菸煙霧包含有害物質。　　　　　　【有害 / ゆうがい】

❷ 會員卡於今年內全部有效。　　　　　【有効 / ゆうこう】

❸ 此處為私有地，禁止進入。　　　　　【私有 / しゆう】

❹ 自然環境是人類共有的財產。　　　　【共有 / きょうゆう】

❺ 有些公園入園可能要收費。　　　　　【有料 / ゆうりょう】

　　　　　　　　　　　　　　　　　　【有り得る / ありえる】

❻ 從他那裡得到有用的資訊，我十分感　【有益 / ゆうえき】
　激。　　　　　　　　　　　　　　　【有り難い / ありがたい】

---

❶ タバコの 煙 には 有害な物質が 含まれています。
　　　　(香菸煙霧)　　　　　　　　　(被包含在內)

❷ メンバーズカードは 今年いっぱい 有効です。
　　(會員卡)　　　　　(今年內全部)

❸ ここは 私有地ですから、立ち入り禁止です。
　　　　(因為是私有地)　　　　(禁止進入)

❹ 自然環境は 人類の 共有財産です。

❺ 公園の 入場は 有料の場合も 有り得ます。
　　　　　　　　　(付費的情況也)　(可能發生，有り得る的ます體)

❻ 彼から 有益な 情報が 得られて、有り難く 思います。
　(從他那裡)　　　　　　(能得到)　(我很感激，有り難い的字尾い變成く)

文型

❶ 含有…	名詞	が含まれています
❷ 某時間內全部有效	時間	いっぱい有効です
❸ 某地禁止進入	地點	は立ち入り禁止です
❹ …是人類共有的財產	名詞	は人類の共有財産です
❺ 可能會有…的情況	名詞	の場合も有り得ます
❻ 能夠得到…的情報	な形容詞	な情報が得られます

"言"在詞首、詞尾有不同發音

げん どう	い	でん ごん	ね ごと
言動	言う	伝言	寝言

發音＆位置，看清楚弄明白！

げん──	○○ろん	○○どう	○○きゅう	○○ご
	言論	**言動**	**言及**	**言語**
	（言論）	（言行舉止）	（說到）	（言語）

──げん	じょ○○	ほう○○	せん○○	めい○○
	助言	**方言**	**宣言**	**名言**
	（忠告、建議）	（方言）	（宣言）	（名言）
	ぞく○○	ふ○○	はっ○○	だん○○
	俗言	**不言**	**発言**	**断言**
	（口語）	（不說話）	（發言）	（斷言）

い──	○　わけ	○	○　あらわ	○　だ
	言い訳	**言う**	**言い表す**	**言い出す**
	（辯解、道歉）	（說、叫）	（表明）	（說出口）

──ごん	でん○○	ゆい○○	ぞう○○	じゅう○○
	伝言	**遺言**	**雑言**	**重言**
	（傳言）	（遺言）	（口出惡言）	（重覆同樣語詞）

──ごと	ひと　○○	ね○○	たわ○○	かね○○
	独り言	**寝言**	**戯言**	**予言**
	（自言自語）	（夢話）	（戲言）	（事先約定的話）

こと──	○○ば	○○つ	○○づて	ひと○○
	言葉	**言付ける**	**言伝**	**一言**
	（語言、言詞）	（託人傳話）	（傳話、傳聞）	（三言兩語）

從生活學習多音字詞

❶ 從經理傳來的消息，今天聽說要加班。　　【伝言 / でんごん】
❷ 你的建議讓我恢復精神。　　　　　　　　【助言 / じょげん】
❸ 請用簡單幾句話發表今天的感想。　　　　【一言 / ひとこと】
　　　　　　　　　　　　　　　　　　　　【言い表す / いいあらわす】
❹ 還沒想好遲到的藉口。　　　　　　　　　【言い訳 / いいわけ】
❺ 中田先生常常自言自語。　　　　　　　　【独り言 / ひとりごと】
　　　　　　　　　　　　　　　　　　　　【言う / いう】
❻ 他說話帶有方言口音，不容易懂。　　　　【言葉 / ことば】【方言 / ほうげん】

---

❶ 部長 からの伝言で、今日は 残業 があるそうです。
　ぶちょう　　　　　きょう　　ざんぎょう
　（從經理傳來的消息）　　　　　　　（聽說要加班）

❷ あなたの助言で　わたしは　元気になりました。
　　　　　　　　　　　　　　　げんき
　（因為你的建議）　　　　　（恢復精神）

❸ 今日の感想を　一言で　言い表してください。
　きょう　かんそう
　　　　　　　　　（用三言兩語）　（請發表，言い表して是「言い表す」的て形）

❹ 遅刻した言い訳を　考えていません。
　ちこく　　　　　　かんが
　（遲到的藉口）　　（還沒想好）

❺ 中田さんは　いつも　独り言を言っています。
　なかた
　　　　　　　（總是）　　（自言自語，言って是「言う」的て形）

❻ 彼の言葉は　方言なまりで　あまりわかりません。
　かれ
　（他的話語）　（方言口音）　　　（不太好懂）

文型

❶ 從某人傳來的消息　　　　　｜某人｜からの伝言
❷ 因為…恢復精神　　　　　　｜名詞｜で元気になりました
❸ 請發表…　　　　　　　　　｜名詞｜を言い表してください
❹ 還沒想好…　　　　　　　　｜名詞｜を考えていません
❺ 某人在自言自語　　　　　　｜某人｜は独り言を言っています
❻ …不容易了解　　　　　　　｜名詞｜はあまりわかりません

"夜" 在詞首、詞尾有不同發音

や かん	よ みち	よる ひる
夜間	**夜**道	**夜**昼

發音 & 位置，看清楚弄明白！

	○かん	○しょく	○きん	○けい
夜——	**夜**間	**夜**食	**夜**勤	**夜**景
	（夜間）	（宵夜）	（夜班）	（夜景）

	さく○	こん○	しん○	じょ○
——夜	昨**夜**	今**夜**	深**夜**	除**夜**
	（昨夜）	（今夜）	（深夜）	（除夕夜）

	ちゅう○	せい○	せん○	ぜん○
	昼**夜**	星**夜**	千**夜**	前**夜**
	（晝夜）	（有星星的夜晚）	（許多個夜晚）	（昨夜）

	○かぜ	○みち	○あそ	○なか
夜——	**夜**風	**夜**道	**夜**遊び	**夜**中
	（夜風）	（夜路）	（夜遊）	（半夜）

	○よ
	夜々
	（每夜）

	つき○	ひと○	ひと○ざけ
——よ	月**夜**	一**夜**	一**夜**酒
	（月夜）	（一夜）	（甜酒釀）

	○○	○○ひる
よる	**夜**	**夜**昼
夜——	（晚上）	（日夜）

特殊發音	ゆうべ
	昨**夜**
	（昨天傍晚）

從生活學習多音字詞

① 女生獨自一人走夜路很危險。 　【夜道 / よみち】
② 最近迷上深夜連續劇，導致睡眠不足。 　【深夜 / しんや】
③ 昨天晚上很累，但睡不好。 　【昨夜 / さくや】
④ 不可以玩電動玩到半夜。 　【夜中 / よなか】
⑤ 昨晚的夜風很冷，很有寒意。 　【昨夜 / さくや】【夜風 / よかぜ】
⑥ 除夕的夜晚，除夕夜的鐘聲會敲 108 下。 　【夜 / よる】【除夜 / じょや】

---

① 女性が　ひとりで　夜道を歩くのは　危険です。
（獨自）　　　　（走夜路）

② 最近、深夜ドラマにはまってしまって、寝不足です。
（迷上深夜連續劇）　　　　（睡眠不足）

③ 昨夜、疲れていましたが、よく眠れませんでした。
（雖然很累）　　　　（沒有睡好）

④ 夜中まで　ゲームをしてはいけません。
（一直到半夜）　　（玩電動是不行的）

⑤ 昨夜の夜風は　冷たくて、とても　寒かったです。
（冰冷）　　（非常）　　（寒冷）

⑥ 大晦日の夜に　除夜の鐘を　１０８回たたきます。
（除夕的夜晚）　　　　（敲108下）

文型

① 做某事很危險 　　　　 [動詞原形] のは危険です
② 迷上某事，導致… 　　　 [名詞] にはまってしまって、
③ …時間沒有睡好 　　　　 [時間] よく眠れませんでした
④ 不可以做… 　　　　　 [名詞] をしてはいけません
⑤ 過去、之前非常… 　　 とても [い形容詞 字尾い 變成かった] です
⑥ 敲擊…次數 　　　　　 [數字] 回たたきます

"音" 在詞首、詞尾有不同發音

おん がく	し いん	あし おと	ね いろ
音楽	子**音**	足**音**	**音**色

發音 & 位置，看清楚弄明白！

おん
音──

○○がく	ごじゅう○○じゅん	○○せい
音楽	五十**音**順	**音**声
(音樂)	(依五十音順序)	(聲音)

○○きょう
音響
(音響)

おん
──音

ざつ○○	はつ○○	そう○○	ろく○○
雑**音**	発**音**	騒**音**	録**音**
(吵雜、噪音)	(發音)	(噪音)	(錄音)

いん
──音

ぼ○○	し○○	ぴん○○	ふく○○
母**音**	子**音**	併**音**	福**音**
(母音)	(子音)	(拼音)	(福音)

おと
──音

くつ○○	あし○○	○○
靴**音**	足**音**	**音**
(腳步聲)	(腳步聲)	(聲響)

ね
音──

○いろ	○
音色	**音**
(音色)	(聲音、哭聲)

ね
──音

よわ○
弱**音**
(抱怨)

從生活學習多音字詞

① 吉田無論多辛苦都不抱怨。 【弱音 / よわね】
② 電話簿依照五十音順序排列。 【五十音順 / ごじゅうおんじゅん】
③ 可以聽到有人的腳步聲。 【足音 / あしおと】
④ 噪音很吵，無法專心唸書。 【騒音 / そうおん】
⑤ 日文的母音發音比英文還多。 【母音 / ぼいん】【発音 / はつおん】
⑥ 訪問時，聲音可以錄音嗎？ 【音声 / おんせい】【録音 / ろくおん】

---

① 吉田君は　どんなに苦しくても　弱音を吐きません。
　　（無論多辛苦）　　　　　　　（不抱怨）

② 電話帳は　五十音順に並んでいます。
　　　　　　（依五十音順序排列）

③ 誰かの足音が　聞こえます。
　（不知道是誰的腳步聲）　（聽得到）

④ 騒音が　うるさくて、勉強に集中できません。
　（噪音）　（吵雜）　　　　（無法專心唸書）

⑤ 日本語は　英語より　母音の発音が多いです。
　　　　　　（與英文相比）

⑥ インタビューのとき、音声を　録音してもいいですか。
　（進行訪問時）　　　　（聲音）　　（可以錄音嗎）

文型 ———————————

① 某人不抱怨 　　　　　 某人 は弱音を吐きません
② 依照…排列 　　　　　 名詞 に並んでいます
③ 可以聽到某聲音 　　　 声音 が聞こえます
④ 無法專心做某事 　　　 名詞 に集中できません
⑤ 比…多 　　　　　　　 名詞 より多いです
⑥ 可以做…嗎 　　　　　 動詞て形 もいいですか

"業" 在詞首、詞尾有不同發音

ぎょう む ｜ て わざ
業 務 ｜ 手 業

發音 & 位置，看清楚弄明白！

ぎょう 業 —

○○む	○○かい	○○しゃ	○○せき
業務	業界	業者	業績
（業務）	（業界）	（業者）	（業績）

○○しゅ	○○かん
業主	業間
（經營事業的人）	（業間）

ぎょう — 業

えい○○	じゅ○○	しょく○○	そつ○○
営業	授業	職業	卒業
（營業）	（上課）	（職業）	（畢業）

か ○○	がく○○	しょう○○	のう○○
家業	学業	商業	農業
（家業）	（學業）	（商業）	（農業）

ざん○○	しゅう○○	しゅう○○	ぎょ○○
残業	就業	修業	漁業
（加班）	（就業）	（完成學業）	（漁業）

じゅう○○	きゅう○○	き ○○	せん○○
従業	休業	企業	専業
（從業）	（停止營業）	（企業）	（專業）

わざ — 業

かる○○	て○○	かみ○○	はや○○
軽業	手業	神業	早業
（雜技）	（手工業）	（神乎其技）	（動作很快）

從生活學習多音字詞

❶ 請委託業者處理大型垃圾。 　　　　　　【業者 / ぎょうしゃ】
❷ 沒有業務經驗，無法在本公司任職。 　　　【業務 / ぎょうむ】
❸ 營業時間為上午 10 點至晚上 9 點。 　　　【營業 / えいぎょう】
❹ 王先生是我們部門的業績冠軍。 　　　　　【業績 / ぎょうせき】
❺ 旅遊業界常加班，薪水卻很低。 　　　　　【業界 / ぎょうかい】
　　　　　　　　　　　　　　　　　　　　　【殘業 / ざんぎょう】
❻ 今村先生是汽車業界業務人員。 　　　　　【業界 / ぎょうかい】
　　　　　　　　　　　　　　　　　　　　　【営業 / えいぎょう】

---

❶ 粗大ゴミ の処理は 業者に 頼んでください。
　（大型垃圾） 　　　　　　　　　（請委託）

❷ 貿易業務の経験がないと、わが社では 働けません。
　（沒有業務實務經驗的話） 　　（在本公司） 　（無法工作）

❸ 営業時間は 午前１０時から 午後９時までです。
　　　　　　（從上午 10 點） 　　（至下午 9 點）

❹ 王さんは うちの部署で 業績がトップです。
　　　　　　（在我們部門） 　　（業績奪冠）

❺ 旅行業界は 残業が多いですが 収入は少ないです。
　　　　　　（雖然常加班）

❻ 今村さんは 自動車業界の営業マンを しています。
　　　　　　　（汽車業務員） 　　　　（從事某工作）

文型

❶ 請委託… 　　　　　　　　　 名詞 に頼んでください
❷ 沒有某方面經驗的話 　　　　 名詞 の経験がないと
❸ 營業時間是…到… 　　　　　 営業時間は 時間 から 時間 までです
❹ 某人是業績冠軍 　　　　　　 某人 は業績がトップです
❺ 某行業常加班 　　　　　　　 行業名 は残業が多いです
❻ 某行業、某公司的業務員 　　 行業、公司 の営業マン

ぶん か	もん じょ	ふみ づき	かしら も じ
文化	**文**書	**文**月	頭**文**字

發音 & 位置，看清楚弄明白！

ぶん
文──

○○か	○○しょう	○○がく	○○ぽう
文化	**文**章	**文**学	**文**法
（文化）	（文章）	（文學）	（文法）

○○しょ	○○ぼうぐ	○○ぴつ	○○ぶつ
文書	**文**房具	**文**筆	文物
（文書）	（文具）	（文筆）	（文物）

ぶん
──**文**

さく○○	ろん○○	こ○○	えい○○
作**文**	論**文**	古**文**	英**文**
（作文）	（論文）	（古文）	（英文）

ほん○○	じん○○
本**文**	人**文**
（本文）	（人文）

もん
文──

○○く	○○じょ	○○じ
文句	**文**書	**文**字
（抱怨）	（文獻資料）	（文字）

もん
──**文**

てん○○	いち○○	きょう○○
天**文**	一**文**	経**文**
（天文）	（一枚錢幣）	（經文）

ふみ
文──

○○づき	○○
文月	**文**
（陰曆七月）	（書信、書籍）

かしら も じ

特殊發音 | 頭**文**字 |
|---|
（英文開頭大寫字母）

從生活學習多音字詞

❶ 幫弟弟寫作文作業。　　　　　　　　【作文 / さくぶん】

❷ 航空公司的文件全部是英文。　　　　　【英文 / えいぶん】

❸ 文學作品反映該國的文化。　　　　　　【文学 / ぶんがく】【文化 / ぶんか】

❹ 山口先生的姓名開頭字母為Y。　　　　【頭文字 / かしらもじ】

❺ 日本高中生學習日語古文文法。　　　　【古文 / こぶん】【文法 / ぶんぽう】

❻ 歷史學家參考大量文獻資料寫論文。　　【文書 / もんじょ】【論文 / ろんぶん】

---

❶ 弟 の作文の 宿題を　手伝いました。
　　　　　　　　　　　　　（幫忙）

❷ 航空会社の　書類は　すべて　英文です。
　　　　　　　　（文件）　（全部）

❸ 文学作品は　その国の文化を　反映します。
　　　　　　　（那個國家的文化）

❹ 山口さんの　頭文字は　Yです。
　　　　　　　（姓名開頭英文字母）

❺ 日本の高校生は　古文の文法を　勉強します。
　　　　　　　　（日語古文文法）　　（學習）

❻ 歷史家は　多くの文書を使って　論文を書きます。
　　　　　　（使用大量文獻資料）

文型

❶ 幫忙做某事　　　　　　　　　名詞 を手伝いました

❷ …都是英語所寫的　　　　　　 名詞 はすべて英文です

❸ 反映…　　　　　　　　　　　名詞 を反映します

❹ 開頭英文字母是…　　　　　　頭文字は 字母 です

❺ 某人學習…　　　　　　　　　某人 は 名詞 を勉強します

❻ 使用…寫論文　　　　　　　　名詞 を使って論文を書きます

"外" 在詞首、詞尾有不同發音

がいこく	そとがわ	げか	ほか
外国	**外**側	**外**科	**外**

發音 & 位置，看清楚弄明白！

がい
外——

○○こく	○○けん	○○し	○○ぶ
外国	**外**見	**外**資	**外**部
（外國）	（外表）	（外資）	（外部）

○○こう	○○じん	○○はく	○○しょく
外交	**外**人	**外**泊	**外**食
（外交）	（外人）	（在外過夜）	（外食）

がい
——外

い○○	い○○	かい○○	あん○○
意**外**	以**外**	海**外**	案**外**
（意外）	（以外）	（海外）	（意外）

そと
外——

○○	○○ぼり	○○がわ	○○まわり
外	**外**堀	**外**側	**外**回り
（外面、表面）	（護城河）	（外側）	（外圍、對外）

げ
外——

○か	○どう	○だい	○めん
外科	**外**道	**外**題	**外**面
（外科）	（異教、妖精）	（書名、劇目）	（外面）

はず
外——

○○	○○
外す	**外**れる
（取下、離開）	（脫落、沒有命中）

ほか
外——

○○
外
（其他）

從生活學習多音字詞

① 我爸爸是隔壁市區的外科醫生。　　　【外科 / げか】

② 這次比賽，我沒有入選選手名單。　　【外れる / はずれる】

③ 兒子進了外商公司工作。　　　　　　【外資 / がいし】

④ 泡澡前先拿下耳環。　　　　　　　　【外す / はずす】

⑤ 除了入學考試的結果，其餘不對外面　【以外 / いがい】【外部 / がいぶ】
公開。

⑥ 國外旅遊行竟意外地比想像中便宜。　【海外 / かいがい】【意外 / いがい】

---

① 私 の 父は　となり町の 病 院の　外科医です。
　わたし　ちち　　　　まち　びょういん　　　　い
　　　　　　　（隔壁城鎮醫院的）

② 今回の試合で、わたしは　メンバーから　外れました。
　こんかい　しあい
　（在這次比賽中）　　　　（從選手名單）　（排除，外れる的ます體
　　　　　　　　　　　　　　　　　　　　「外れます」的過去式）

③ 息子は　外資系企業　に　就 職 しました。
　むすこ　　けいきぎょう　　　しゅうしょく
　（兒子）　（外商公司）

④ お風呂に入る前に、ピアスを外します。
　ふろ　はい　まえ
　（泡澡前）　　（拿下耳環，外す的ます體）

⑤ 入 学試験は、結果以外、外部に公開できません。
　にゅうがくしけん　けっか　　こうかい
　　　　　　　　　　　　（不能對外公開）

⑥ 海外旅行は　意外と、思っていたより　安いです。
　りょこう　　　　　おも　　　　　　　　やす
　　　　　　　　（比想像中）　　　　　（便宜）

文型 ───────────

① 某人的職業是…　　　　　　　　 某人 は 職業名 です

② 某人被排除在外　　　　　　　　 某人 は外れました

③ 某人進某公司就職　　　　　　　 某人 は 公司 に就職しました

④ 取下、拿下某物　　　　　　　　 某物 を外します

⑤ 某事物不能對外公開　　　　　　 名詞 は外部に公開できません

⑥ 比想像中…　　　　　　　　　　 思っていたより い形容詞 です

"物" 在詞首、詞尾有不同發音

ぶつり	ものがたり	ぶっか	てにもつ
物理	物語	物価	手荷物

發音＆位置，看清楚弄明白！

ぶつ 物 ——

○○ぎ	○○り
物議	物理
（議論）	（物理）

—— ぶつ 物

しょく○○	どう○○	じん○○	けんちく○○
植物	動物	人物	建築物
（植物）	（動物）	（人物）	（建築物）

はく○○かん	けん○○	じっ○○	
博物館	見物	実物	
（博物館）	（遊覽、參觀）	（實物）	

もの 物 ——

○○	○○わす	○○がたり	○○ごと
物	物忘れ	物語	物事
（物品）	（健忘）	（故事）	（事物、事情）

—— もの 物

た ○○	くだ○○	ほん○○	わす ○○
食べ物	果物	本物	忘れ物
（食物）	（水果）	（真貨、專門）	（遺失物品）

ぶっ 物 ——

○○か	○○たい	○○しつ	○○しょく
物価	物体	物質	物色
（物價）	（物體）	（物質）	（物色）

—— もつ 物

さく○○	しょ○○	てに○○	しょく○○
作物	書物	手荷物	食物
（農作物）	（書籍、圖書）	（隨身行李）	（食物）

從生活學習多音字詞

❶ 只能攜帶一件隨身行李上飛機。　　　【手荷物 / てにもつ】

❷ 首先，先物色各種商品後，再決定是　【物色 / ぶっしょく】
否要買什麼。

❸ 愛因斯坦是20世紀最偉大的物理學　　【物理 / ぶつり】
家。

❹ 遺忘東西在店裡了，我去拿回來。　　【忘れ物 / わすれもの】

❺ 水果中含有大量食物纖維。　　　　　【果物 / くだもの】【食物 / しょくもつ】

❻ 很健忘，連昨天吃的東西都忘記了。　【物忘れ / ものわすれ】【物 / もの】

---

❶ 手荷物は　航空機内に　一つだけ携帯できます。
　（隨身行李）　（こうくうきない）　　　　（ひと）（けいたい）
　　　　　　　　　　　　　　　　（只能攜帶一件）

❷ まず、色々　物色してから、何を買うかを決めます。
　（首先）（いろいろ）（各様）　（なに）（か）　（き）
　　　　　　　　　　　　　　　　（決定要買什麼）

❸ アインシュタインは　20世紀　最大の物理学者です。
　（愛因斯坦）　（にしゅうせいき）（さいだい）（がくしゃ）

❹ お店に　忘れ物をしましたから、取りに行きます。
　（みせ）（因為遺忘東西）　　　　（と）（い）
　　　　　　　　　　　　　　　　（去拿回來）

❺ 果物には　食物繊維が　多く含まれています。
　（水果裡面）（せんい）（おお）（ふく）
　　　　　（食物繊維）　　　（富含…）

❻ 物忘れがひどくて、昨日食べた物も　忘れました。
　（很健忘）　（きのうた）　（わす）
　　　　　　（連昨天吃的東西）　（忘記了）

文型

❶ 只能攜帶一件…　　　　　　　名詞 は一つだけ携帯できます
❷ 決定是否要買…　　　　　　　名詞 を買うかを決めます
❸ 最偉大的…　　　　　　　最大の 名詞 です
❹ 遺忘東西在某處　　　　　　　地點 に忘れ物をしました
❺ 水果中含有…　　　　　　果物には 名詞 が含まれています
❻ 連…也忘記了　　　　　　　　某物 も忘れました

"月"在詞首、詞尾有不同發音

げつめん	げっきゅう	つきみ	さんがつ
月面	月給	月見	三月

發音 & 位置，看清楚弄明白！

げつ
月──

○○ようび	○○めん	○○まつ	○○がく
月曜日	月面	月末	月額
（星期一）	（月球表面）	（月底）	（每月的金額）

げつ
──月

まん○○	こん○○	ねん○○	まい○○
満月	今月	年月	毎月
（滿月）	（這個月）	（歲月）	（每個月）

げっ
月──

○○こう	○○きゅう	○○かん	○○かん
月光	月給	月刊	月間
（月光）	（月薪）	（月刊）	（一個月）

つき
月──

○○	○○み	○○ひ	○○づき
月	月見	月日	月々
（月亮）	（賞月）	（日期）	（每個月）

つき
──月

とし○○	さ○○
年月	五月
（歲月）	（陰曆五月、杜鵑花）

がつ
──月

しょう○○	さん○○	はち○○
お正月	三月	八月
（正月）	（三月）	（八月）

がっ
月──
がっ
──月──

○○ぴ	ねん○○ぴ
月日	年月日
（月日）	（年月日）

づき
──月

みか○○
三日月
（新月）

特殊發音

さみだれ
五月雨
（梅雨）

從生活學習多音字詞

❶ 月付金額 2000 日圓能盡情收看這個節目。　　【月額 / げつがく】

❷ 你的月薪有多少？　　【月給 / げっきゅう】

❸ 新電腦將在本月月底前送到。　　【今月 / こんげつ】

❹ 12 月是一年中最忙碌的月份。　　【１２月 / がつ】【月 / つき】

❺ 在農曆 8 月 15 日月圓之夜賞月。　　【満月 / まんげつ】【月見 / つきみ】

❻ 田中每月購買月刊。　　【毎月 / まいつき】【月刊 / げっかん】

---

❶ この番組は　月額２０００円で　見放題です。
ばんぐみ（這個節目）　にせんえん　みほうだい（看到飽、盡情收看）

❷ あなたの 収 入 は　月給　いくらですか。
しゅうにゅう　（月薪）　（多少錢）

❸ 新 しいパソコンは　今月末までに　届きます。
あたら（新電腦）　まつ（本月底前）　とど（送達）

❹ １２月は　一年で　もっとも 忙 しい月です。
いちねん　いそが（最忙的月份）

❺ 十 五夜の　満月の夜に　お月見をしました。
じゅうごや（農曆8月15日的）　よる　（賞月）

❻ 田中君は　毎月、月刊誌を購読しています。
たなかくん　し こうどく（購買月刊）

文型 ───

❶ 月付多少盡情收看　　月額 金額 で見放題です

❷ …是多少錢　　某物 はいくらですか

❸ …時間前送達　　時間 までに届きます

❹ 最…的月份　　もっとも い形容詞 月です

❺ （過去）某時間去賞月　　日期 にお月見をしました

❻ 某人購買某刊物　　某人 は 刊物 を購読しています

"元" 在詞首、詞尾有不同發音

<table>
<tr><td>げんしゅ
元首</td><td>もとで
元手</td><td>がんたん
元旦</td></tr>
</table>

發音 & 位置，看清楚弄明白！

げん
元 ——

○○しゅ	○○き	○○きょう	○○そ
元首	**元**気	**元**凶	**元**素
（元首）	（有精神）	（元凶）	（元素）

○○ろう	○○すい	○○ぶく	○○しゅ
元老	**元**帥	**元**服	**元**首
（元老）	（元帥）	（成年禮服飾）	（元首）

げん
—— 元

じ○○	ちゅう○○	ふく○○
次**元**	中**元**	復**元**
（次元）	（中元節）	（恢復原狀）

げん
— 元 —

き○○ぜん
紀**元**前
（西元前）

もと
元 ——

○○	○○ね	○○もと	○○で
元	**元**値	**元**々	**元**手
（本源、基礎）	（成本、本錢）	（原本）	（本錢）

もと
—— 元

み○○	じ○○	ね○○	て○○
身**元**	地**元**	根**元**	手**元**
（來歷、出身）	（當地、本地）	（根源、根本）	（手邊）

がん
元 ——

○○らい	○○そ	○○たん	○○じつ
元来	**元**祖	**元**旦	**元**日
（本來）	（鼻祖）	（元旦）	（元旦）

○○り	○○ぽん	○○きん	○○ねん
元利	**元**本	**元**金	**元**年
（本利）	（本金、財產）	（本金、本錢）	（元年）

從生活學習多音字詞

❶ 因為手邊沒有錢，下次再還。　　　　　　【手元 / てもと】
❷ 這項遺跡是約西元前2000年的古物。　　　【紀元前 / きげんぜん】
❸ 請出示能確認身分的證明文件。　　　　　　【身元 / みもと】
❹ 收到親戚送我們的中元節禮品。　　　　　　【中元 / ちゅうげん】
❺ 回老家休養一陣子後，已恢復健康。　　　　【地元 / じもと】【元気 / げんき】
❻ 刪除的資料原原本本復原了。　　　　　　　【元 / もと】【復元 / ふくげん】

---

❶ 手元に　お金がありません から、今度　返します。
　（手邊）　（因為沒有錢）　　　　　　（下次）　（歸還）

❷ この遺跡は　紀元前　約２０００年前の　ものです。
　（い せき）　（西元前）　（やく に せん ねんまえ）　　　（東西）

❸ 身元が確認できる　証明書を　見せてください。
　（能確認身分）　　　　　　　　（請讓我看、請出示）

❹ 親戚から　お中元の贈り物を　もらいました。
　（しんせき）　（中元節的禮品）（おく もの）　（拿到、收到）

❺ しばらく　地元で休みましたから、元気になりました。
　（一陣子）　（在老家休息後）（やす）　　　（恢復健康）

❻ 消えたデータを　元どおりに　復元しました。
　（き）（刪除了的資料）　（照原來樣子）　（復原了）

文型

❶ 手邊沒有某物　　　　　手元に　某物 がありません
❷ …是某一個時間的東西　　名詞 は 時間 のものです
❸ 請出示…　　　　　　　名詞 を見せてください
❹ 收到某物　　　　　　　某物 をもらいました
❺ 在某個地方休養一陣子　しばらく 地點 で休みました
❻ 已經復原了…　　　　　名詞 を復元しました

"雨" 在詞首、詞尾有不同發音

| あめ 雨 | う ちゅう 雨中 | あま ど 雨戸 | こ さめ 小雨 |

發音 & 位置，看清楚弄明白！

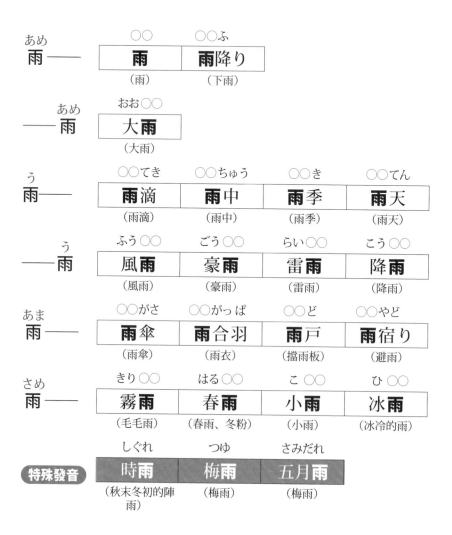

あめ 雨——

| ○○ 雨 (雨) | ○○ふ 雨降り (下雨) |

——あめ 雨

| おお○○ 大雨 (大雨) |

う 雨——

| ○○てき 雨滴 (雨滴) | ○○ちゅう 雨中 (雨中) | ○○き 雨季 (雨季) | ○○てん 雨天 (雨天) |

——う 雨

| ふう○○ 風雨 (風雨) | ごう○○ 豪雨 (豪雨) | らい○○ 雷雨 (雷雨) | こう○○ 降雨 (降雨) |

あま 雨——

| ○○がさ 雨傘 (雨傘) | ○○がっぱ 雨合羽 (雨衣) | ○○ど 雨戸 (擋雨板) | ○○やど 雨宿り (避雨) |

さめ 雨——

| きり○○ 霧雨 (毛毛雨) | はる○○ 春雨 (春雨、冬粉) | こ○○ 小雨 (小雨) | ひ○○ 冰雨 (冰冷的雨) |

特殊發音

| しぐれ 時雨 (秋末冬初的陣雨) | つゆ 梅雨 (梅雨) | さみだれ 五月雨 (梅雨) |

從生活學習多音字詞

❶ 去年的豪雨造成多人死亡。　　　　【豪雨 / ごうう】
❷ 梅雨季後，馬上變得很熱。　　　　【梅雨 / つゆ】
❸ 運動會因雨延期到下週末。　　　　【雨天 / うてん】
❹ 只是小雨而已，沒必要撐傘。　　　【小雨 / こさめ】【雨傘 / あまがさ】
❺ 雷雨時，穿雨衣比較安全。　　　　【雷雨 / らいう】
　　　　　　　　　　　　　　　　　【雨合羽 / あまがっぱ】
❻ 陣雨馬上會停，躲雨等一下吧。　　【時雨 / しぐれ】
　　　　　　　　　　　　　　　　　【雨宿り / あまやどり】

---

❶ 去年の豪雨で　たくさんの人が　死にました。
　（因為去年的豪雨）　（很多人）　　（死亡）

❷ 梅雨明けして、一気に　暑くなりました。
　（梅雨季後）　　（立即）　　（變熱）

❸ 運動会は　雨天延期で　来週末になりました。
　　　　　　　　　　　　　　（變成下週末）

❹ 小雨ですから、雨傘をさす　必要ありません。
　（因為是小雨）　　（撐傘）　　（沒有必要）

❺ 雷雨のとき、雨合羽を着る　ほうが安全です。
　　　　　　　（穿雨衣）　　　（比較安全）

❻ 時雨は　すぐやみますから、雨宿りして　待ちましょう。
　（陣雨）　（因為馬上會停）　　（躲雨）　　（等候吧）

文型

❶ 豪雨造成…死亡　　　　　　　豪雨で　名詞 が死にました
❷ 馬上變得…　　　　　　　　　一気に　い形容詞 字尾い 變成く なりました
❸ 因雨延期至某時間、日期　　　雨天延期で　時間、日期 になりました
❹ 沒必要做…　　　　　　　　　動詞原形 必要ありません
❺ 做…比較安全　　　　　　　　動詞原形 ほうが安全です
❻ 做…等一下吧　　　　　　　　動詞て形 待ちましょう

"悪"在詞首、詞尾有不同發音

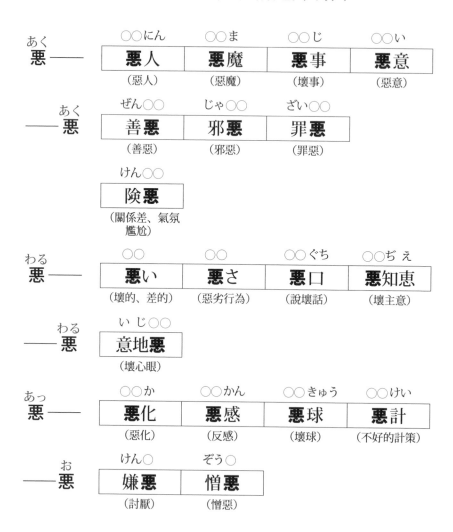

あく ま	わる	あっ か	ぞう お
悪魔	悪い	悪化	憎悪

發音＆位置，看清楚弄明白！

あく 悪——

○○にん	○○ま	○○じ	○○い
悪人	悪魔	悪事	悪意
（惡人）	（惡魔）	（壞事）	（惡意）

あく ——悪

ぜん○○	じゃ○○	ざい○○
善悪	邪悪	罪悪
（善惡）	（邪惡）	（罪惡）

けん○○
険悪
（關係差、氣氛 艦尬）

わる 悪——

○○	○○	○○ぐち	○○ぢ え
悪い	悪さ	悪口	悪知恵
（壞的、差的）	（惡劣行為）	（說壞話）	（壞主意）

わる ——悪

いじ○○
意地悪
（壞心眼）

あっ 悪——

○○か	○○かん	○○きゅう	○○けい
悪化	悪感	悪球	悪計
（惡化）	（反感）	（壞球）	（不好的計策）

お ——悪

けん○	ぞう○
嫌悪	憎悪
（討厭）	（憎惡）

從生活學習多音字詞

① 其實，他的言行當中並無惡意。　　　【悪意 / あくい】
② 因為玩得太過火，結果感冒惡化。　　【悪化 / あっか】
③ 上週的約會最後尷尬收場。　　　　　【険悪 / けんあく】
④ 直接跟他說話後，對他漸漸產生反感。【嫌悪 / けんお】
⑤ 壞人沒有善惡之分。　　　【悪人 / あくにん】【善悪 / ぜんあく】
⑥ 他的心腸如惡魔般邪惡。　【悪魔 / あくま】【邪悪 / じゃあく】

---

① 実は、　彼の言動に　悪意はありません。
　じつ　　かれ　げんどう
　（他的言行舉止當中）　（沒有惡意）

② 無理をして　遊んだ　ため、風邪が悪化しました。
　むり　　　あそ　　　　　　かぜ
　（超過限度、違反常態）（玩）（因為）　（感冒惡化）

③ 先週のデートは　険悪なムード　に　なりました。
　せんしゅう
　（上週的約會）　　（尷尬的氣氛）　　（變成）

④ 彼と　直接話して、ますます　嫌悪感がわいてきました。
　かれ　ちょくせつはな　　　　　　　　かん
　（直接跟他說話）　（漸漸）　　　　（產生反感）

⑤ 悪人は　善悪の判断が　できません。
　　　　　　　はんだん
　　　　　　　　　　　（無法）

⑥ 彼は　悪魔のような邪悪な心　を持っています。
　かれ　　　　　　　　　こころ　も
　　　（像惡魔一般的邪惡心靈）　　（擁有、具有）

文型

① 在…方面沒有惡意　　　　名詞 に悪意はありません
② …疾病惡化了　　　　　　疾病 が悪化しました
③ …尷尬收場　　　　　　　名詞 は険悪なムードになりました
④ 心中產生某種感覺　　　　…感 がわいてきました
⑤ 無法明辨、判斷…　　　　名詞 の判断ができません
⑥ 如…般的邪惡心腸　　　　名詞 のような邪悪な心

檸檬樹出版社
Lemon Tree Publishing House

檸檬樹網站・日檢線上測驗平台 http://www.lemon-tree.com.tw

赤系列 17

日語多音字詞，這樣用就對了！（附 全彩九宮格多音字詞速記本）

2011 年 2 月 初版

作者	直木優名
日文例句撰寫	篠原翔吾
封面・版型設計	陳文德
執行主編	連詩吟
執行編輯	楊桂賢
校對協力	方靖淳

發行人	江媛珍
社長・總編輯	何聖心
出版者	檸檬樹國際書版有限公司 檸檬樹出版社
E-mail	lemontree@booknews.com.tw
地址	新北市 235 中和區中和路 400 巷 31 號 2 樓
電話・傳真	02-29271121・02-29272336
會計客服	方靖淳
法律顧問	第一國際法律事務所 余淑杏律師

全球總經銷・印務代理	知遠文化事業有限公司
博訊書網	http://www.booknews.com.tw
	電話：02-26648800　傳真：02-26648801
	地址：新北市 222 深坑區北深路三段 155 巷 25 號 5 樓

港澳地區經銷	和平圖書有限公司
	電話：852-28046687　傳真：850-28046409
	地址：香港柴灣嘉業街 12 號百樂門大廈 17 樓

定價	台幣 349 元／港幣 116 元
劃撥帳號・戶名	19726702・檸檬樹國際書版有限公司
	* 單次購書金額未達 300 元，請另付 40 元郵資
	* 信用卡・劃撥購書需 7-10 個工作天